KB232434

엄마, 쓸 게 없어요

가슴을 열고 귀를 기울여 쓴
글쓰기 공책

김종헌 지음

주/현민시스템

마음을 열고 귀를 기울여 쓴 글쓰기 공책

엄마, 쓸 게 없어요

김종헌 지음

병아리 독수리의 힘찬 날갯짓을 기대하며

　어느 한 농부가 산길에서 우연히 발견한 독수리 알 한 개를 주워 마침 집에서 알을 품고 있는 닭의 품 안에 넣었더니 병아리와 함께 새끼독수리를 얻게 되었다.

　이 덩치 큰 병아리 독수리는 다른 병아리와 함께 어미 닭을 쫓아다니며 모이도 쪼아먹고 땅 한 번 보고 하늘 한 번 쳐다보며 물을 마시기도 하고 양발로 흙을 파헤쳐 지렁이도 쪼아먹으며 아침이면 '꼬끼오' 하고 외쳐 보기도 하며 자랐다고 한다.

　모양은 다르지만 닭의 흉내를 내면서 자라던 어느 날, 이 독수리 닭은 날개를 있는 데로 펴면서 창공을 날아가는 큰 새를 보고 어미 닭에게 이렇게 물었다.

“저 하늘 위를 마음껏 날아다니는 닭은 무슨 닭이죠?”
“새의 왕 독수리란다.”
“독수리! 나도 독수리로 태어났으면 얼마나 좋을까?”
그러나 이 독수리 닭은 자기가 독수리 인줄 모르고 푸른 하늘을 마음껏 날아다닐 수 있는 힘찬 날개를 가진 줄도 모르고 그 날개를 한 번 힘껏 펴 보지도 못한 채 닭으로만 살다가 일생을 마쳤다.

―이솝우화 중에서―

우리의 교육 현실이 이런 것은 아닌지 모르겠다. 개개인의 능력이나 독창력은 무시된 채 부모의 욕심과 입시위주의 주입식 교육 속에서 어린이들의 힘찬 날개가 이 독수리 닭처럼 써 보지도 못한 채 죽어가는 것은 아닌지 말이다.

과거 우리들의 어머니는 본의 아니게 당신의 무지로 자녀교육에 무관심하였거나 아니면 장독대 위에 정화수 떠다 놓고 자식 잘되기를 비는 것으로 대신하였다. 그러나 오늘날의 어머니들은 언제부터인가 ‘치맛바람’이라는 단어를 등장시켰고, 철저히 내 자식만 잘 되기 바라는 이기주의를 유감없이 발휘하고 있다.

이러한 오늘의 교육현실에서 나는 옛날 시골 장터에서 벌어졌던 소싸움이나 닭싸움을 보는 것 같아 매우 안타깝다. 즉 아이들을 학교라는 시합장에 보내 놓고 치열한 경쟁을 시킴으로써 마치 부모들의 대리전을 치르는듯 한 느낌을 받는다.

이러한 폐단을 막기 위해서 교육제도가 바뀌었다. 암기위주의 교육에서 벗어나 다양한 체험과 폭넓은 생각을 키우도록 하기 위

엄마, 쓸 게 없어요.

해서 우리사회에서 가장 비중이 큰 대학입시제도를 바꾸었다. 그 런데 이 또한 아이들에게는 '논술'이라는 새로운 과목만 하나 더 추가한 셈이 되고 말았다. 글을 쓰는 요령과 방법을 소개한 각종 참고서와 학습서가 판을 치고 있고, 이들은 하나같이 그 책 한 권 으로 모든 논술이 해결되는 양 과대선전을 하고 있다. 참으로 안타 까운 현실이 아닐 수 없다.

원래의 취지를 곡해해서 또다른 주입식 교육이 되고 있는 논술 이 하루 속히 정상적으로 자리 매김을 했으면 한다. 그래서 우리의 아이들이 많은 책을 읽고, 재미있는 이야기를 하면서 아름다운 꿈 을 가졌으면 한다.

그 동안 여러 학부형들로부터 아이들에게 '글짓기'를 시켜 달라 는 요구를 많이 받았다. 하지만 나름대로의 소신을 가지고 아이들 에게 책을 읽히고 이야기 나누는 것을 강조하면서 형식에 얽매이 지 않고 쉽게 글을 쓰도록 가르쳐 왔다. 글쓰는 것을 무엇보다도 큰 고민거리로 생각하는 나는 아이들에게 가능한 한 유익한 책을 소개해 준다. 그리고 재미있게 읽기를 권하며 친구들과 많은 이야 기를 나눌 것을 당부한다. 그리고 나서는 일기장에 또는 공책에 자 기의 생각을 적어보도록 권하는 것도 잊지 않는다. 이것이 바로 제 대로 된 글쓰기 교육이 아닌가 생각한다. 표현 방법을 외워서 어떻 게 해서든지 아름답게만 꾸미려고 한다면 그것은 아이의 생각을 키우는 것이 아니라 오히려 그르치는 것이라고 생각한다.

여기에 소개된 많은 글은 아이들에게 책을 읽히고 그 내용을 함께 이야기하는 과정에서 아이들이 솔직하게 자신들의 생각을 표현한 것이다. 재미있게 책을 읽고 많은 생각을 하면서 올바르게 생활하는 아이들이 자기들의 이야기를 쓴 글이다. 다소 서툰 표현이 있지만 아이다운 천진난만함과 순수함을 지니고 있기에 더 소중하다.

막상 책으로 엮고 보니, 미켈란젤로가 시스틴 성당의 벽화를 그리던 시절에 무아지경에서 사흘 밤낮을 쉬지 않고 붓질을 해 놓고는 곯아 떨어졌다가 깨어나서 '누가 내 그림에 개칠을 해놨느냐'라고 화를 냈다는 이야기가 떠오른다. 그러나 많은 어린이들이 글쓰기를 부담스러워 하고, 또 많은 학부형들이 '글쓰기의 기술'이 있는 것처럼 생각하며 조급해 하기에, 글쓰기는 건전한 생활을 바탕으로 책을 읽으면서 생각을 넓혀 가야 한다는 것을 이야기하고 싶었다. 그래서 글쓰기에 조금이라도 도움이 되었으면 하는 바람으로 출간을 결심하였다. 예문으로 제시된 글에서 그 표현방법을 본뜨거나 비슷하게 베끼려 하지 말고 글을 쓴 사람이 무엇을 보고 어떤 생각을 썼는지 살펴보는 것이 중요하다.

다만 이 책이 또하나의 방학숙제용 자습서가 되지 않기를 간절히 바란다. 또한, 여기에 글을 쓴 많은 아이들이 올바른 인성을 가지고 잘 자라서 미래 우리 사회의 살아있는 양심을 가진 훌륭한 사람이 되기를 진심으로 바란다. 그리고 이들을 바른 길로 지도하면서 함께 협조해 주신 한우리독서문화원 구미지부의 한은주, 김현실, 권은주, 김현기 선생님들께 감사 드린다. 또 이런 소중한 아이들의 글을 책으로 낸다는 소식을 듣고 바쁘신 와중에서도 기꺼이

엄마, 쓸 게 없어요.

원고를 보내 격려를 아끼지 않으신 경북 구미시 봉천초등학교 김영명 선생님을 비롯해서 대구교원연수원에 근무하시는 이동원 박사님, 대구시 서부여자중학교 조정아 선생님, 왜관시 한솔문화센타 노연경 선생님 등 여러분께도 감사드린다. 끝으로 이 보잘 것 없는 책의 출간을 흔쾌히 맡아준 현민시스템에 깊은 감사를 드린다.

1996년 10월 31일
김종헌

엄마와 함께 하는 책읽기 놀이

1. 글쓰기와 책읽기

요즘 초등학생들은 글쓰기를 배우기 위해서 여러 가지 학습지를 받아보고 학원을 찾아다니고 있다. 이러한 현상은 대학입시에 논술고사가 반영되면서부터 나타난 현상이다. 그런데 이 글쓰기가 잘못 인식되어 글을 쓰는 특별한 요령이 있는 것처럼 되어 버렸다.

글은 생활 속에서 자기의 의사를 표현하는 방법 중의 하나이다. 그렇다면 자기의 의사를 표현하기 위해서는 먼저 자기의 생각이 있어야 한다. 아무런 생각도 없는 사람이 자기의 생각을 이야기한다는 것은 있을 수 없는 일이다. 생각은 많은 경험을 통해서 나오기 마련이지만 우리들은 직접경험을 하는데 여러 가지 제약을 받고 있다. 따라서 우리는 삶의 많은 부분을 책을 통해서 간접적으로 경험할 수밖에 없다. 특히 어린이는 보는 시야가 좁기 때문에 더욱 그러하다. 책을 통해서 앞으로 살아가야 할 세계에 대한 이해의 폭을 넓히고 새로운 경험들을 쌓아 가야 한다.

책을 읽고 올바로 생각할 줄 아는 능력을 가져야 분명한 자기 표현을 할 수 있는 것이다. 그런데 현실은 어떠한가? 글짓기 요령을 가르치는 책이 등장하고 또 그에 따라 문제집을 풀이하듯 하나하나 따라서 써 보게 가르치고 있지 않은가.

아이들의 글은 생활 속에서 일어나는 여러 가지 일들을 자신 있게 그리고 솔직하게 쓰도록 하여야 한다. 특별한 이야기나 꾸미는 말을 많이 넣어 아름답게 써야 한다는 고정관념에서 벗어나야 한다. 자기의 눈으로 사물을 관찰하고 자기의 생각을 분명하게 표현할 수 있어야 한다. 그래서 글은 '짓는 것'이 아니라 '쓰는 것'이라는 것을 깨우쳐 주어야 한다.

흔히 아이들은 '쓸게 없어요'라고 말한다. 이런 말을 하는 것은 이미 글은 무언가 특별한 내용을 써야 한다고 생각하거나 아니면 말하는 것과 글쓰기 하는 것이 뭔가 달라야 한다는 생각을 머리

엄마, 쓸 게 없어요

속에 가지고 있기 때문이다. 하룻동안 무엇을 보았는지, 어떤 생각을 했는지 등을 잘 생각해서 이야기하듯이 자세히 적어 가면 글이 된다는 것을 가르쳐 주어야 한다.

내용도 없는 글을 어른처럼 흉내내게 하거나 형식에 꼭 맞게 쓰게 하는 것은 바른 지도 방법이 아니다. 그래서 글쓰기는 반드시 독서와 함께 해야 한다고 생각한다. 많이 읽고, 읽은 내용을 여러 사람들과 토론하고 올바른 생각(합리적인 사고)을 가질 때 좋은 글을 쓸 수 있는 것이다. 책을 읽고 반드시 독후감을 쓰게 하는 것도 아이들에게는 부담이 된다.

책을 읽고 그냥 지나치는 것보다는 느낌이나 생각을 정리해 두는 것이 훨씬 더 좋은 공부가 되는 것은 사실이다. 그러나 독후감을 쓰기 위해서 책을 읽게 된다면 그것은 분명히 잘못된 것이다. 굳이 독후감 쓰기를 강요할 것이 아니라 다양한 독후활동을 하도록 하는 것이 더 좋은 공부가 될 것이다. 그러면 아이들은 책읽기가 신이 나고, 토론하는 것이 재미있고, 뭔가를 쓰려고 할 것이다. 아이들에게 글쓰기는 이런 방법으로 시작되어야 바람직하다.

책읽기는 글쓰기 이전의 필수적인 과정이다. 책에서 얻은 정보를 바탕으로 자신의 상상력을 동원하여 창조적인 아이디어를 얻을 수 있으며, 그 다음 논리적인 구성으로 글을 쓸 수 있는 것이다. 그러나 성미 급한 학부형들은 글쓰기에 무슨 비법이라도 있다는 듯이 글쓰기만을 강조하고 있다. 이는 물론 그 동안 상업적인 학습지 및 일부 학원 등에서 마치 어느 글쓰기 과정만 마치면 자동적으로 잘 쓸 수 있는 것처럼 과대광고를 한 탓도 있을 것이다. 분명히 이야기 할 수 있는 것은 여러 가지 일을 폭넓게 경험하고 생각한 후에 좋은 글이 나온다는 것이다. 글쓰기가 먼저인지 책읽기가 먼저인지를 곰곰이 생각해 보아야 할 것이다.

엄마, 쓸 게 없어요

2 좋은 책 읽히기

학교에 다니는 자녀를 둔 가정에서 자녀들의 성적에 관심을 가지지 않는 가정은 드물다. 분명히 '행복은 성적순'이 아니지만 성적에 의해 상급학교 진학이 좌우되고 나아가 사회적 성공여부까지 결정되는 현실에서 학생들의 성적은 자신의 앞날은 물론 가정의 행복까지를 좌우하는 최대 관심사가 아닐 수 없다. 이는 지금까지의 교육방식이 성적위주로 일관되어 왔기 때문이다. 지나친 경쟁의식과 '전쟁'으로까지 표현되는 입학시험 속에서 단편적인 지식의 암기에 많은 시간을 할애하도록 하였다. 이에 우리 아이들은 지나친 경쟁 속에서 서로를 불신하면서 학교를 다녔고 또 수단과 방법을 가리지 않고 성적의 최고만을 지향하게 되었다.

그러나 세계화를 부르짖는 요즘, 이제 더 이상 종전의 암기식의 교육으로는 빠르게 변화하는 정보화 시대, 세계화 시대에 적응할 수 없다는 인식이 교육계는 물론 사회전반에 걸쳐 나타나고 있다. 지금까지의 수무적인 지식 전달에서 벗어나 '올바른 인간성을 기르는 교육과 창의력을 기르는 교육'을 하자는 것이다. 이러한 창의성과 인간성의 형성에 가장 효과적인 것이 책읽기라고 생각한다. 이를 통해서 자기의 생각을 넓혀가고 인간을 사랑하는 마음을 가지게 하는 것이다. 특히 어린 시절의 풍부한 독서는 자유로운 사고와 상상력, 창의력을 기르는 중요한 교육방법이다.

대개의 경우 요즘은 집에 아이들 방이 따로 있다. 그리고 그 방에는 책상과 책장이 반드시 갖추어져 있다. 그리고 그 책장 안에는 여러 가지 책이 많이 꽂혀 있다. 그 책들을 가만히 살펴보면 대부분이 전래동화나 위인전 아니면 명작동화 등의 전집류이다. 부모님들은 비싼 돈을 들여 책장과 책을 사주면 마음이 뿌듯하실 지 모르지만 그것을 받는 아이는 마음 속으로 엄청난 부담을 느끼게 된다. 또 어머니들은 그 많은 양의 책을 읽지 않는다고 매일 잔소리를 해댈 것이고 그러면 아이는 대충대충 이 책 저 책을 뽑아보게 될 것이다. 이때부터 삐뚤어진 책읽히기가 시작된 것이라 할 수 있다.

아이들에게 책을 권해 주는 가장 좋은 방법은 아이와 함께 서점에 가서 책을 같이 고르는 것이다. 물론 이때 어머니는 미리 서점에 가서 어떤 책들이 있는지를 살펴서 정보를 가지고 있어야 한다. 그래서 아이가 좋아하는 책을 한두권씩 사주면 아이들은 대개 좋은 반응을 보인다. 책은 진열해 두는 장식품이 아니라는 것을 명심해야 한다.

그런데 우리는 여기서 한가지 문제에 부딪히게 된다. 하루에도 엄청난 양의 책이 출판되어 나오고 있다는 것이다. 이 책들 가운데 과연 어떤 책을 골라서 아이들에게 주어야 할지 사실 고민이다. 올바른 독서지도를 위해서는 작가, 출판사, 학교, 도서관, 학부형 모두가 참석하여 우선 좋은 책을 쓰고 출판해야 한다. 또 이를 어린이가 쉽게 구입해 볼 수 있도록 좋은 책을 선정해서 권장해야한다. 그리고 우리 아이들을 위해서 부모님들은 이런 정보를 잘 활용하여야 한다.

다음은 아이의 수준을 생각해서 적당한 책을 골라 주어야 한다. 아무리 좋은 책이라도 아이의 능력을 고려하지 않는다면 쓸모없게

엄마, 쓸 게 없어요

된다. 예를 들어 책을 전혀 보지 않는 아이나 책읽기에 흥미를 갖지 못한 아이들에게는 그 아이의 능력보다 조금 낮은 수준의 책을 선택해 주어야 한다. 이는 독서력이 웬만큼 있다고 생각되는 아이에게도 괜찮은 방법이다. 글의 구성과 이야기 전개가 간단한 책은 아이들이 책의 내용을 빨리 이해하게 되고 책읽기의 부담도 덜게 된다.따라서 아이들은 쉽고 재미있게 책을 접하게 되고 이를 통해서 풍부한 상상력과 창조적인 사고력를 키울 수 있다.

　그리고 강압적으로 아이만 책을 읽게 졸라서는 안된다. 또 오랜 시간동안 책을 보게 해서도 안된다. 적절한 시간 동안 집중해서 읽기를 할 수 있도록 하여야 한다. 아이들에게 책을 읽게 하는 가장 좋은 방법은 부모가 책을 읽고 있는 모습을 보여 주는 것이다. 그래서 자연스럽게 아이가 부모의 모습을 따르도록 하는 것이다. '책읽는 가정'을 함께 만들어 갈 때만이 우리 아이들은 '책읽는 아이'들이 될 수 있다. 이렇게 차근 차근 독서하는 습관을 들여야 한다. 좋은 책을 많이 읽어야 하는 것은 운동선수가 자기의 주종목을 연습하기전에 기본저인 체력을 기르기 위헤 달리기를 계속하는 것과 같다고 할 수 있다.

제1장 엄마와 함께 하는 책읽기 놀이

3. 책 읽고 이야기 나누기(독서토론)

책을 읽는다는 것은 인쇄된 글자를 통해서 그 의미를 알아내는 것을 말한다. 이것은 단순히 글자를 읽는 것과는 다르다. 그래서 독서는 책을 읽고 그 내용에 대해서 다른 사람과 서로 토론을 하고 독서 기록장에 중요한 몇 가지 사실을 기록하는 것을 포함하는 것이라 하겠다. 따라서 우리는 아이들에게 책을 읽히고 나서 그 내용에 대해서 함께 이야기 하는 시간을 가져 아이들로 하여금 쓸거리를 찾아주는 역할을 해야 한다. 책읽고 이야기 나누기를 통해서 아이들에게 중심내용(주제)을 요약할 수 있게 해야 하고, 그 내용이 옳다는 근거가 어디에 있는가를 찾아보게 하여야 한다. 그리고 이 생각이 응용되는 곳은 어떤 곳인지 또 그것이 적용될 수 있는 곳은 어디인가를 생각해야 한다.

이때 지루하거나 단조롭지 않게 주의하여야 한다. 부담없이 자신의 생각을 이야기하도록 분위기를 만들어 주어야 하며, 필요에 따라서는 간단한 게임과 노래를 하고 시작해도 좋을 것이고 이야기 나누기 중간에 적당한 휴식을 갖게 하는 것도 좋을 것이다.

책읽고 이야기 나누기(독서토론)를 통해서 우리는 아이들에게 책의 내용을 분명히 이해할 수 있도록 하여야 하고, 그 내용을 바탕으로 풍부한 상상을 하여 창조적인 자기의 생각을 가질 수 있도록 하여야 한다. 이를 위한 책 읽고 이야기 나누기의 몇가지 방법을 살펴보면 다음과 같다.

엄마, 쓸 게 없어요

첫째, 이야기를 읽고 주인공의 이름과 주요사항 등을 기억할 수 있도록 질문을 한다. 이것은 이해력의 가장 기본적인 요소이며 이를 통해서 중심생각과 이야기 속의 의미를 발견할 수 있기 때문이다.

둘째, 다소 이야기가 길거나 사건의 전개가 복잡할 경우에는 사건을 순서대로 이야기 해 보게 한다. 이는 문단나누기를 한 후에 각 문단의 중심낱말찾기를 시키고 그 요점을 찾아내도록 하면 된다. 흔히 아이들은 국어시간에 하는 문단나누기를 왜 하는지도 모르면서 그냥 전과를 보고 베껴가기 일쑤다. 이를 연습하기 위해 여러 가지 자료를 활용하면 더 효과적이다. 즉 신문이나 잡지 등에서 한편의 기사나 글을 뽑아 제목을 보여주지 않고 내용만 읽게 한 후, 제목을 붙여보게 하면 된다. 이렇게 하면 아이들은 '책'을 가지고 하는 것이 아니기 때문에 흥미 있어 하며 글의 요점을 찾아내는 능력도 뛰어나게 된다. 또 반대로 제목을 보고 내용을 짐작해서 써 보게 할 수도 있다.

셋째, 책 속에 나오는 그림(삽화)은 이야기 나누기의 좋은 자료가 된다. 이해력이 다소 떨어지는 아이는 책을 읽고 내용을 짐작하기가 여간 어려운 것이 아니다. 이런 아이들에게는 그림을 보고 설명을 하게 하면 좋은 결과가 있을 것이다. 이는 상상력을 풍부하게 하는 요인도 된다.

넷째, 이해력이 떨어지는 아이에게는 글의 내용을 불완전하게 요약하여 제시하고 아이로 하여금 채워 넣도록 한다. 또는 중심내용을 말해 주고 세부사항을 이야기 하도록 하거나 사건을 뒤죽박죽 섞어 놓고 아이로 하여금 정리하게 한다.

　다섯째, 책읽고 이야기를 나눌 때 너무 책의 내용에만 집착하면 아이들은 금방 싫증을 내게 마련이다. 이럴때는 책 속의 이야기를 자기의 경험과 비추어 생각해 보게 하면 대개의 경우 이야기를 잘 해 나간다. 이때 주의할 점은 대화를 할때 읽은 내용을 적절하게 변형시켜 부분적으로 사용하게 해야 한다. 또 주제에서 너무 벗어나는 말 등으로 장난스럽지 않게 해야 한다.

　마지막으로 뒷이야기를 이어서 새롭게 이야기 하도록 하거나 바꾸어 이야기하도록 하는 방법이다. 이는 주어진 이야기의 구성을 그대로 유지시키면서 시간과 장소를 바꾸면 어떤 변화가 나타날까 생각하게 해보는 것이다. 아니면 이야기의 끝부분을 자기의 마음대로 고쳐 보게 해도 된다. 이러한 활동을 통해서 아이들은 상상력과 창조적인 생각을 갖게 될 것이다.

　이러한 몇 가지 방법을 이용하여 이야기 나누기를 하면 아이들은 재미있게 토론에 참여하게 될 것이고 자연스럽게 책의 내용을 이해할 수 있게 된다. 따라서 아이는 책읽기에 흥미를 갖게 될 것이고 생각하는 힘도 키워져 자발적으로 발표하는 적극성을 띠게 되며, 올바른 자기의 생각을 갖게 될 것이다.

　아이들에게 책읽고 이야기 나누기를 시킬 때 가장 주의해야 할 것은 저자의 의도(교훈적인 내용)를 반드시 찾아보게 한다든지 읽은 책에 대해서 독후감을 쓰게 한다든지 하는 태도는 버려야 한다. 앞서 이야기한 대로 토론이 이루어진다면 아이들은 이미 책을 통해서 뭔가 느낌을 받았을 것이다. 그러면 그것으로 이미 훌륭한 책읽기가 된 것이다. 물론 읽은 책을 공책에 정리하면 내용을 다시 확인할 수 있고 또 자기의 생각을 보다 분명하게 정리할 수 있다. 그러나 아이들은 이미 이야기 나누는 시간을 통해서 그것들을 말로 다 했지 않는가. 생각을 키우기 위한 책읽기가 되어야하고 독후감 쓰기는 그것을 위한 수단일 뿐이지 쓰는 그 자체가 목적이 되어서는 안된다. 다만 이야기 나누기가 잘 되면 아이들은 뭔가를 쓰고 싶은 욕망이 생겨 스스로 글쓰기를 할 것이다. 이렇게 되어야 성공적인 독서지도가 된 것이라고 말할 수 있는 것이다.

4. 엄마와 함께하는 '책읽기 놀이'

어린시절부터 올바른 독서습관을 들이는 것이 중요하다. 쓰기 이전에 읽기가 먼저인 것은 새삼 강조할 필요도 없다. 그러나 오늘날 우리사회에는 이제 겨우 문자를 터득한 어린 아이들에게까지 '일기'다, '생활문'이다, '설명문'이다 하며 가르치고 이렇게 쓰라 저렇게 쓰라 하고 목청을 돋우고 있다. 이는 마치 우물에서 숭늉을 찾는 것이나 다를바 없다.

어린이들 뿐만아니라 글을 쓰기 위해서는 우선 필요한 준비를 해야 한다. 즉 '좋은책'을 많이 읽는 것이 선행되어야 한다는 것이다. 다양한 독서를 통해서 이해력을 기르고, 폭넓은 지식을 쌓으며, 풍부한 어휘력을 가진 때라야만 좋은 글을 쓸 수 있는 것이다.

그러면 이제 겨우 문자를 터득한 초등학교 저학년 어린이들에게 어떻게 하면 책과 친하게 할 것인가를 우리는 고민해야 한다. 무작정 책 읽는 것이 중요하니까 열심히 읽으라고 다그치거나 아니면 위인전, 동화전집 등을 잔뜩 사다 주는 것으로 끝나서는 안된다.

아이가 책을 읽을 때 엄마가 옆에서 가만히 들어 주고 또 읽어 주기도 하면서 책 읽는 습관을 기르도록 해야 한다. 엄마와 아이 사이에 책이라는 매개물을 가지고 생각을 교환하고 어머니의 사랑을 확인할 수 있게 하고 또 아이의 욕구 불만을 들어 주는 시간을 가져야 한다.

엄마, 쓸 게 없어요

이렇게 함으로써 책 읽는 것이 지겨운 공부가 아니고 엄마와 함께하는 '신나는 책읽기 놀이'로 인식되게 하여야 한다. 이때 주의할 것은 너무 긴 시간을 하면 안된다는 것이다. 초등학교 저학년의 경우 약 20분 정도가 적당하다고 한다.

그러면 어떻게 해야 할 것인가? 그 구체적인 방법을 소개하면 다음과 같다.

우선 한 권의 책을 엄마와 아이가 나누어 읽는 것이다. 즉 앞부분과 뒷부분으로 반반씩 나누어 읽는 것이다. 그리고 나서 엄마가 전체 줄거리를 이야기하고 아이는 느낌을 말하게 한다. 또는 엄마가 이야기를 하고 아이는 그것을 그림으로 그리게 해도 좋을 것이다.

다음은 한 권의 책을 엄마와 아이가 모두 읽고 대화하는 것이다. 이때는 역할을 나누어 역할극 형식으로 대화를 하면 된다. 그러면 등장인물의 성격을 자연스럽게 파악하게 되고 그 내용도 이해하게 된다.

그 외에 주인공에게 편지 쓰기, 독서 그림일기 쓰기 등을 하게 하면 아이들이 지겨워 하지 않고 재미있게 책읽기를 하게 될 것이다. 마지막으로 한가지 강조하고 싶은 것은 읽고 난 후, 쓰기를 강요하지 말아야 한다. 아이는 엄마와 이야기 하는 것으로도 이미 훌륭한 독후활동을 한 것이다.

이와 같은 간단한 독서놀이 방법으로 각 가정에서 우리 부모님들이 아이와 함께 책읽기를 한다면 부모님들은 이를 통해서 좋은 책을 고르는 안목이 생겨나고 아이에 대한 사랑이 구체화될 것이다. 반면에 아이들은 자연스럽게 책과 친해져서 생각이 깊어가고 나아가서는 좋은 글을 쓸 수 있을 것이다.

부모와 함께하는 20분간의 '신나는 책읽기 놀이'를 통해서 아이들에게 책읽는 습관이 형성됨은 물론이고 보다 더 화목한 가정이 이루어질 것이다.

<한 권의 책을 읽고 이야기 나누기를 할 때 어머니의 역할>

어머니	아이
(앞부분)	(뒷부분)

* 아이가 뒷부분의 이야기를 추리할 수 있게 읽은 내용을 이야기 해 줌

아이	어머니
(앞부분)	(뒷부분)

* 아이가 앞부분의 이야기를 추리할 수 있게 읽은 내용을 이야기 해 줌

엄마, 쓸 게 없어요

5. 글쓰기를 공부하는 이유

글은 꾸밈없이 솔직하게 써야 된다고 많은 사람들이 이야기하고 있다. 그러나 아직도 각종 글쓰기 대회에서는 아름답게 꾸몄거나 어른의 글을 흉내낸 글에 상을 주고 있다. 따라서 '글짓기 대회'에 몇 번 나가 본 어린이나 초등학교 5, 6학년 정도된 약간 똑똑한 아이라면 글을 어떻게 써야 상을 주는지 이미 알고 있다. 그 글짓기 대회를 가만히 살펴 보면 우체국, 출판사, 어린이 신문사, 학습지, 유가공업체 등에서 주로 실시하는데 자기 기업의 이미지를 높이려는 광고 목적이 대부분이다. 여기서부터 아이들의 잘못된 글짓기가 시작되고 있다. 어린이들의 글은 자기 생각을 분명하게 그리고 충분히 전달되도록 쓴 글이라면 모두 상을 주어야 할 것이다. 그들을 작가로 만들려는 글쓰기 교육이 아닌 이상 말이다.

아이들에게 글쓰기를 강조하는 것은 '사람이 살아가면서 부딪혀 일어나는 그때 그때의 일을 자기의 느낌이나 생각과 함께 생생한 문장으로 씀으로 인해 아이들은 마음의 위로를 받고 또 용기를 갖게 되며 기쁨과 슬픔을 함께 나누도록 하여야 한다'고 많은 사람들이 강조하고 있다. 특히 어린시절의 글쓰기는 기교를 부려 유창하게 써 내려가는, 그러나 알맹이가 없는 그런 글쓰기가 아니라 글쓰기를 통해서 아이들이 생각을 넓고 깊게 하도록 하는 글쓰기여야 한다. 그러기 위해서 아이들은 주위의 사물을 세밀하게 관찰하는 습관을 자연히 갖게 될 것이고 책을 열심히 읽게 될 것이다. 아울

제1장 엄마와 함께 하는 책읽기 놀이

러 자기의 생활을 반성할 수 있는 기회도 갖게 될 것이다.

좋은 글을 쓰려면 거듭 강조하지만 많은 책을 읽어야 하고 생각을 많이 하고 사물을 자세히 살피고 관찰해야 한다. 그리고 솔직하고 쉬운 말로 써야 한다. 그러기 위해서는 꼭 쓰고 싶은 이야기를 쓰게 하며 특별한 이야기를 써야 된다는 고정관념을 버리도록 해야 한다. 하찮은 이야기라도 내가 잘 알고 있고 자신있게 쓸 수 있는 이야기를 쓰게 해야한다.

이러한 글쓰기를 통해서 우리 아이들이 '크고 바른 가슴으로 슬기롭게' 자라서 더불어 사는 세상을 가꿀 수 있도록 하여야 한다.

엄마, 쓸 게 없어요

생각 가꾸기

1. 연상찾기

연상찾기란 주어진 글감(주제)에 대해서 그와 관련된 여러 가지를 생각하도록 하는 것을 말한다. 좋은 글을 쓰기 위해서는 글쓰기 전에 반드시 그 글감에 대해서 그와 관련된 많은 생각을 해야 한다. 이를 통해 상상력과 창의력을 기를 수 있고 또 자기가 경험한 독특한 내용을 가진 글을 쓸 수 있게 된다.

가장 초보적인 단계에서의 연상찾기는 직접적인 사물의 이름 대기를 예로 들 수 있다. 예를 들면 산, 도시, 자동차 등의 이름을 생각하는 것이다. 그러나 이러한 것은 낱말 찾기에 불과할 뿐이고 글쓰기를 위한 연상찾기와는 약간의 차이가 있다.

연상찾기는 주로 1차적 연상과 2차적인 연상을 들 수 있는데 1차적인 연상은 한 사물(주제) 그 자체에 대해서 직접적으로 관계되는 말을 떠올리는 것을 말한다. 즉 '동그라미'에서 바퀴, 안경, 시계, 밥그릇, 전구 등과 같이 직접적으로 그 모양이나 색깔을 나타내는 낱말을 연상하는 것을 말한다. 이런 연상은 매우 단편적이고 직접적으로 글쓰기에 도움을 주지 못한다.

이에 비해서 2차연상은 그 사물(주제)에서 떠오르는 느낌 또는 생각, 특징적인 것, 그리고 자기의 경험과 관련된 여러 가지를 생각하는 것이다. 앞서 제시한 '동그라미'를 그대로 예를 들면 편안함, 원만함, 따뜻함, 부드러움, 어지럽다, 엄마, 피아노 소리 등을 생각할 수 있다. 이러한 연상찾기라야 생각하는 힘을 길러 주며 글쓰기에도 도움이 된다. 따라서 2차적인 연상을 많이 해야 좋은 글을 쓸 수 있는 것이다. 즉 '빨간색'을 가지고 연상을 할 때 대개의 어린이들은 1차적으로 '불'을 생각할 것이다. 그러나 우리는 여기서 머물지 말고 '위험', '뜨겁다', '정열' 등의 낱말을 생각해 낼 수 있어야 한다.

연상찾기를 아이들에게 시킬 경우, 우선 아이들이 읽은 책이나 생활과 관련된 글감, 상상력을 기를 수 있는 글감을 제시해 주고 다른 사람의 것을 보지 말고 자신의 느낌과 생각을 그대로 쓰도록

엄마, 쓸 게 없어요

해야 한다. 또 이해를 빨리 하기 위해서 그림을 제시해도 좋다. 그래서 글제와 나와의 관계를 연상시켜 생각하도록 하고 생각이 떠오른 것들을 낱말로 쓰면 된다. 이때 가급적이면 수식어가 붙지 않는 낱말로 쓰게 하는 것이 좋다.

연상찾기의 몇가지 예를 살펴 보도록 하자.

고양이(금오 2 라기태)

1. 생선을 좋아한다 2. 귀엽다 3. 높은데서 떨어져도 안 죽는다
4. 강아지와 사이가 좋지않다 5. 엄마 고양이를 좋아한다
6. 밤에 눈이 무서워진다 7. 물을 싫어한다

겉으로 드러난 모양보다는 고양이에 대한 자기의 느낌과 고양이를 데리고 놀아 본 경험들을 살려서 특색있게 나타냈다. '높은데서 떨어져도 안 죽는다'라든가, '밤에 눈이 무서워진다' 등은 고양이를 깊이 생각한 표현이라 하겠다.

개구리(도산 3 성기웅)

1. 노래한다 2. 징그럽다 3. 뒷다리가 길다 4. 물에서 산다.
5. 뱀에게 먹힌다 6. 혀가 길다 7. 파리를 먹는다 8. 왕눈이
9. 물갈퀴가 있다 10. 초록색이다. 11. 눈이 크다 12. 개구리 소년
13. 연못 14. 개골구리 15. 권구복 16. 비 17. 청개구리
18. 아파트 뒤 19.무늬가 있다 20. 먹음 21. 시골

연상찾기를 할 때 수식어가 붙지 않는 낱말로 하는 것이 좋다. 그런데 기웅이의 글은 설명형 서술어가 많이 붙어 있다. 그냥 뒷다리, 물, 뱀, 파리, 물갈퀴 이런식으로 하면 된다. 많은 생각을 한 것 같지만 실제 개구리의 직접적인 특징 외에 별로 나타낸 것이 없다. 다만 15번 '권구복'이란 단어는 개구리를 통해서 친구 이름을 생각해 낸 것이다. 아마 그 친구와 개구리 사이에서 어떤 일이 있었나보다. 자기만의 경험을 개구리와 연결시켜 생각한 것 같다.

물(송정 5 최선영)
1. 시원하다 2. 파도 3. 깨끗하다 4. 비 5. 하수구 6. 눈물
7. 오줌 8. 홍수 9. 수영장 10. 소방차 11. 투명하다 12. 움직인다
13. 마른다 14. 차갑다 15. 축축하다 16. 미끄럽다 17. 수도꼭지
18. 꽃 19. 뱅글뱅글 20. 푸르다 21. 고맙다 22. 화장실

우리 주변에서 매일 접하는 '물'을 가지고 연상찾기를 한 것이다. 이 보기글에는 물의 성질과 움직임 그리고 자신의 느낌 등이 나타나 있다.

이렇게 우리는 연상찾기를 통해서 보다 더 깊이 생각하는 힘을 기르도록 하여야 한다. 그리고 많은 낱말을 생각하도록 해야 한다. 이것은 생활 속에서 일어나는 모든 일(놀이)과 사물에 대한 관심을 나타내는 것이며 좋은 글을 쓰기 위한 기초가 된다.

엄마, 쓸 게 없어요

2 문장과 문단

　단어와 단어가 모여서 한 문장이 된다. 그렇다고 단어만 모여 있다고 문장이 되는 것은 아니다. 전달하고자 하는 의미가 잘 나타나도록 써야 한다. 그리고 글쓰기를 위한 문장이 따로 있는 것으로 생각하는 어린이들이 많은데 이는 잘못된 생각이다. 생활문이나 일기 등을 쓸 때 문장을 꾸며서 아름답게 써야 하는 것으로 아이들은 잘못 알고 있다. 일상 생활 속에서 우리가 이야기하는 문장과 글쓰기에 사용하는 문장이 따로 있는 것은 아니다. 글쓰기도 보통 생활 속에서 하는 말처럼 쉽고 분명하게 쓰면 된다.

　글쓰기에서 문장은 기본적인 요소이다. 앞에서 이야기했듯이 좋은 미사어구를 넣어 아름답게만 꾸며서 그 뜻이 잘 전해지지 않는 것보다는 생활 속에서 사용하는 말을 간결하고 분명하게 사용한 문장이 좋은 문장이다. 일기든 편지든 또 생활문이든 이 모든 글쓰기의 기본은 문장을 바르게 쓰는 것이다.

　아름답고 멋있게 쓰기보다는 글쓰는 사람이 무엇을 얘기하려고 하는가가 정확하게 나타나 있어야 한다. 이를 위해서는 사물을 대충 살펴서는 안된다. 글을 쓰기 전에 생활 속의 모든 것을 꼼꼼히 살펴보는 습관을 길러야 하고 이를 자세히 쓸 수 있도록 연습해야 한다. 그리고 글쓰기를 할 때 설명하듯이 한꺼번에 묶어서 대충대충 쓰지 말고 하나하나 그림을 보고 있는 것처럼 묘사해 나가야

제2장 생각 가꾸기

한다. 이렇게 문장을 상세하게 쓰기 위해서는 정물화, 사진, 그림, 약도 등을 보고 글로 옮기는 연습을 하면 자세히 묘사하는데 도움이 된다. 더 나아가서는 아빠의 책상, 내 방, 내 얼굴, 아버지(어머니)의 성격 등을 문장으로 표현하는 연습을 하면 된다.

이러한 글쓰기를 할 때는 시간과 공간의 순서를 정해서 그에 따라 쓰는 연습을 하여도 좋다. 이때 물품의 놓인 위치(방향)와 일이 일어난 순서를 정확하게 표현하도록 해야 한다. 그리고 누구나 공감하는 사실로 묘사해야 하며, 나타내고자 하는 대상을 자기나 상대방의 감정으로 정확하게 인식시키도록 하여야 한다. 예를 들면 장님에게 선풍기를 설명한다던가, 우리들이 쓰고 있는 학용품의 사용법 등을 글로 표현하는 연습을 하면 자세한 글쓰기에 많은 도움이 될 것이다. 이렇게 하면 표현력이 늘고 또 내가 말하고자 하는 것을 분명히 전할 수 있다. 문장을 쓸 때 생활 속의 말과 다른 글쓰기만을 위한 아름다운 말, 어려운 말은 쓰지 않아야 한다.

문단은 여러 개의 문장으로 구성되어 있으며 중심문장과 보조문장으로 이루어져 있다. 그래서 한 문단은 한 가지 내용(주제)으로 통일되어 있다. 한 문단 안에 여러 가지의 내용이 나열되어 있으면 그 뜻을 전달하는데 명확하지 않아서 좋은 글이 되지 못한다.

다른 사람의 글을 읽을 때 우리는 형식문단과 의미(내용)문단으로 구분해서 살펴 볼 필요가 있다. 그렇게 하면 글쓴이의 뜻을 빨리 알아 낼 수 있기 때문이다.

엄마, 쓸 게 없어요

형식문단은 말 그대로 형식적으로 나누어진 문단을 말한다. 이 것은 처음 시작하는 부분을 한 칸 들여서 시작하기 때문에 우리가 책을 읽을 때 내용을 모르고도 눈으로 확인 할 수 있다. 그러나 의미문단은 이 형식문단이 몇 개씩 모여 하나의 문단을 이룬 것이다. 따라서 내용을 읽어보고 관련되는 내용끼리 하나로 묶어야 한다. 우리가 흔히 문단 나누기를 할 때는 이 의미문단을 가리키는 것이다.

다음은 연상찾기 한 것을 바탕으로 문단쓰기를 한 것이다.

권구복(도산 3 성기웅)

수업을 끝나고 집으로 갈려고 하는데 갑자기 비가 왔다. 나는 우산을 쓰고 가는데 내친구 권구복이가 살아 있는 개구리를 밟았다. 나는 갑자기 눈이 튀어 나오는 것 같았고 토할 것 같았다. 구복이는 빗물에 발을 씻는 것 같았다. 만약 내가 밟았다면 개구리에게 미안했을 것이다.

문장을 길지 않게 적당하게 썼으며, 일이 일어난 순서대로 적었다. 그래서 글을 읽는 사람이 그때의 장면을 떠올릴 수 있다. 이렇게 문단은 하나의 내용으로 써야 한다.

기웅이는 학교에서 돌아오는 길에 친구가 개구리를 밟은 것이 마음 속에 걸렸나 보다. 개구리를 밟는 순간의 징그러움과 개구리에 대한 미안함을 동시에 가지고 있었다.

이처럼 연상찾기 한 낱말을 글감으로 해서 글쓰기를 하면 무엇을 써야할지 고민하는 일이 없어진다. 특별히 꾸민 문장이 아니지만 개구리를 밟을 때의 장면이 또렷이 나타나고 아이다운 순수함을 엿볼 수 있는 글이다. 그러나 개구리를 밟고 난 후 구복이의 행동과 밟힌 개구리에 대해 좀더 자세히 썼더라면 하는 아쉬움이 있다. 그리고 표시된 부분은 '공부를 마치고 집으로 가려고'로 하는 것이 좋겠다.

책가방(형곡 4 이재훈)

나는 굉장히 무거운 가방을 메고 학교에 간다. 교문 안에 들어서면 모두들 무거운 가방을 짊어진 채 공부하기 싫어 지겨운 모습을 하고 있다. 교실에 들어가면 선생님께서 빨리 앉아서 공부하라는 듯 무서운 표정을 짓고 있다.

재훈이는 무거운 책가방을 들고 학교에 가서 힘들게 공부하는 모습과 선생님의 모습을 표현했다. 그런데 '무거운 가방', '공부하기 싫어하는 친구', '무서운 선생님'에 대해서 모두 썼기 때문에 내용이 어수선하다. 제목이 책가방이므로 무거운 책가방에 대한 이야기를 좀 더 자세히 써야 한다. 문단의 특성을 더 생각해 보면 좋겠다.

엄마, 쓸 게 없어요

3. 일기 쓰기

일기는 하루하루의 생활을 글로 기록하여 둔 것을 말한다. 일기는 나의 생각이나 생활을 다른 사람에게 알리는 것이 목적이 아니라 순전히 나 자신을 위해서 쓰는 것이라는 점에서 생활문 등의 다른 글과 다르다. 따라서 일기는 내가 오늘 하루를 보내면서 겪고 생각했던 것 가운데 가장 기억에 남는 이야기를 쓰면 된다.

일기는 모든 글의 형식으로 다 쓸 수 있다. 일기장에는 편지도 쓸 수 있고, 독후감도 쓸 수 있다. 또 동시를 써도 되고 남의 이야기, 학교에 대한 이야기 등 모든 것을 쓸 수 있다. 보통 일기는 매일 써야하지만 안 쓰는 날이 있어도 된다. 또 글의 길이가 짧아도 된다. 일기는 그저 솔직하고 상세하게 써 내려가면 된다.

그러면 어떻게 하면 일기를 상세하게 쓸 수 있을까?
일기를 쓰기 전에 연습장을 퍼놓고 아침부디 저녁 때까지 있있던 모든 것을 생각나는대로 적어본다. 한 일, 본 것, 들은 것, 생각한 것 중 그 어느 것이라도 좋다. 많이 적을수록 좋다. 그렇게 적어 놓은 하루의 일 중에서 이제 자기가 가장 재미있었거나 다른 사람에게 이야기하고 싶은 일을 한가지 골라낸다. 지금 골라 낸 것이 바로 오늘 쓸 일기의 글감이 되는 것이다. 이렇게 하면 일기 쓰기 할 때 ‘쓸 것이 없어요’라고 말하지는 않을 것이다. 이제 골라 놓은 글감을 다시 처음부터 차근차근 생각해서 일이 일어난 순서대로 적어 가면 된다. 이때 자기의 생각을 곁들여서 쓰도록 한다. 대화 글을 바르게 사용하면 더 생동감이 넘치는 일기가 된다. 흔히 글의 길이 때문에 고민하는 경우가 많은데 억지로 글을 길게 하려고 있었던 일을 모두 나열하면 문단의 통일성이나 일관성이 없어진다. 글은 쓰고자 하는 중심내용을 자세히 적으면 자연히 그 길이는 길어지게 마련이다. 즉 자세히 관찰해서 무엇이 어떻게 되었는지 또 왜 그렇게 되었는지 등을 차근차근 써야 한다.

원래 일기는 글쓰기 연습을 위한 것은 아니다. 그러나 일기를 꾸준히 쓰면 글을 쓰는데 두려움을 없앨 수 있고 하루의 일을 생각하는 습관과 사물을 자세히 관찰하는 눈을 기를 수 있다. 이러한 것들이 바로 좋은 글쓰기를 할 수 있는 요인이 되는 것이다. 그래서 일기를 단순하게 그날 한 일로 한정해서 글감을 찾지 말고 앞서 얘기한 한 일, 본 일, 들은 것, 생각한 것, 책 읽은 것 그리고 남이 한 행동 등 모든 것을 골고루 일기의 글감으로 택해서 쓰는 것이 좋다. 특히 그 날의 언짢은 일을 일기장에 써 나가면 짜증났던 자기의 마음을 달래고 기분 전환을 할 수 있어 더욱더 좋다. 따라서 일기를 지도할 때는 무작정 많이 쓰게 하고 또 매일 매일 쓰게 하는 것보다는 무엇을 쓸 것인가를 생각하도록 해 주는 것이 가장 중요한 일이다.

다음은 일기 쓰기 지도를 한 예이다. 먼저 그날 있었던 일을 네 가지로 분류하여 하루의 일을 생각하며 글감찾기를 하도록 하였다.

엄마, 쓸 게 없어요

(1) 오늘 한 일 : 바둑, 이름 적은 일, 스트리터파이터 놀이

(2) 오늘 생각한 것 : 17일날 삼촌이 컴퓨터 사온다

　　바둑, 바람돌이, 스님, 게임기

(3) 오늘 본 것 : 선생님, 빨래 넌 것, 선풍기

(4) 오늘 들은 이야기나 소리 : 좋다, 검은 고양이 네로 노래, 떠드
　　는 소리

물론 이보다 더 자세히 생각하게 하여 한 일 중에서도 아침, 점심, 저
녁때 있었던 일을 각각 적어 보게 한다든가 할 수도 있다. 그러나 이는
아이의 학년과 수준 등을 고려해서 다소 융통성 있게 하면 된다. 정현이
에게 이렇게 생각한 것을 바탕으로 가장 쓰고 싶은 것을 고르게 하였다.
그리고는 그 내용을 쓰고 싶은대로 쓰게 하였다.

1995년 2월 14일 하늘이 맑고 싸늘했다.

컴퓨터(형남 3 이정현)

17일날 삼촌이 수퍼컴퓨터를 사온다고 하셨다. 나는 전화온 날
부터 이 때를 기다리고 있었다. 이제 3일만 있으면 수퍼컴퓨터를 사
오는 날이다. 아이들한테 자랑도 하고 **시켜준다고 하였다**. 그런데 삼
촌이 수퍼컴퓨터를 안 사오면 아이들한테 망신만 당한다. 삼촌이 꼭
사와야 되는데…

이 일기는 위의 글감찾기 중 '생각한 것'에서 글감을 찾아 적었다. 이
는 한 일도 아니었지만 자기의 마음 속에 있는 간절한 소망을 글로 표

현한 것이다. 컴퓨터가 갖고 싶은 마음과 삼촌이 컴퓨터를 사준다고 한 것을 친구들에게 자랑한 것이 혹시 거짓말이 될까봐 걱정하는 조마조마한 마음 등이 잘 나타나 있다. 비록 짧은 글이지만 자기의 생각을 충분히 표현했다. 다만 표시된 부분에서 무엇을 시켜 준다고 하였는지를 써야 했다. 아마 컴퓨터 오락을 시켜준다고 하였을 것이다. 그리고 삼촌과 전화한 날이 언제인지 또 왜 삼촌이 정현이에게 컴퓨터를 선물해 주려고 했는지 등을 쓴다면 더 좋은 일기가 되겠다.

1996년 6월 22일 토요일

글감찾기

(1) 오늘 한 것 : 심부름

(2) 오늘 본 것 : 우리 집 뜰에 있는 상추

(3) 오늘 들은 것 : 다른 사람이 형곡동으로 이사간다는 것

(4) 오늘 생각한 것 : 다음부터는 상추를 잘 돌보아야겠다.

일기쓰기

우리 집에 있는 상추(송정 2 황동호)

너무 덥지 않아 길가에 사람들이 많았다.

오후에 1)**아버지가 밖으로 나갔다.** 그래서 나도 나가보았다. 우리 집 뜰에는 상추가 많이 있었다. 아버지는 상추에 물을 주셨다. 그런데 내가 본 상추에는 2)**빵구들이** 나 있었다. 그래서 나는 3)**아버지에게 물어** 보았다. 이것은 곤충들이 먹었다고 하셨다. 나는 그래서 다

음부터는 상추를 잘 돌보아 주겠다고 약속했다.

이 일기는 날씨를 흔히 쓰는 맑음, 흐림, 비 등으로 쓰지 말고 그 날의 날씨와 자신의 느낌 또는 날씨로 인해서 특별히 느낀 것들을 적어 보게 하였다. 그랬더니 날씨가 너무 덥지 않아 길에 사람들이 많다고 표현했다. 이렇게 해 놓고 보니 그냥 '맑음'이라고 한 것보다 훨씬 더 상세하고 덥고 시원함까지 알 수 있게 되었다.

동호는 글감찾기에서 '본 것'과 '생각한 것'을 가지고 일기를 썼다. 상추를 잘 관찰했고 그로 인해서 생각한 것을 글로 잘 표현했다. 그런데 생생한 글쓰기가 되기 위해서는 사실을 있는 그대로 묘사하여야 한다. 묘사란 마치 한편의 그림을 보는 것처럼 그 장면을 자세히 나타내는 것이다. 설명을 하는 것과는 다르다. 이 글에서 '그런데 내가 본 상추에는 빵구들이 나 있었다'를 지금 막 그 상추 잎을 보고 있는 것처럼 그 모양을 그림 그리듯이 좀더 자세히 썼으면 하는 아쉬움이 있다.

이처럼 일기 쓰기를 할 때 주변에 있는 여러 가지를 조금만 신경 써서 생각하면 쓸것이 없다고 하는 말은 하지 않게 될 것이다. 모든 글쓰기가 그렇지만 일기 쓰기를 할 때 맞춤법이라든지 글자의 모양 등에 너무 신경 쓰지 않는 것이 좋다. 이런 것에 집착하다 보면 정작 써야 할 내용을 잊어버리는 경우가 많기 때문이다. 다 쓴 후에 다시 읽어보면서 틀린 글자와 말이 잘 안되는 곳을 고쳐 쓰면 된다. 글자는 깨끗하게 다른 사람이 알아 볼 수 있도록 또박또박 써내려 가면 된다.

1)은 '아버지께서 밖으로 나가셨다'로, 2)는 '구멍'으로, 3)은 '아버지께 여쭈어'로 바꾸어 써야 한다.

1996년 6월 22일 토요일

(1) 오늘 한 것 : 축구

(2) 오늘 본 것 : 처음 만난 친구

(3) 오늘 들은 것 : 축구 할 때 '패스'

(4) 오늘 생각한 것 : 처음 만난 친구를 잘 사귀겠다는 생각

처음 만난 친구(산 1 김태형)

덥고 바람이 불고 구름이 있다.

축구를 하였다. 1)**그런데 축구를 하고 있는데** 처음 2)**만난** 친구가 축구를 시켜달라고 하였다. 그래서 시켜 주어서 우리편에 왔다. 그런데 그 친구는 축구를 잘 하였다.

이 경우는 네 가지로 구분해서 하루의 일을 생각하게 했지만 결국은 한 가지를 가지고 모두 다르게 나타냈다. 즉 친구들과 축구를 했다는 사실에서 본 것, 들은 것, 생각한 것을 모두 썼다. 이런 식의 생각하기는 별로 좋지 않다. 이는 여러 가지 생각한 것 중에서 한 가지를 가지고 상세하게 개요 짜기를 할 때 하는 것이다. 무엇을 쓸 것인가 하는 단계에서는 일단 여러 가지를 생각하는 습관을 들이는 것이 좋다.

글감찾기 한 것 중에서 처음 만난 친구를 잘 사귀겠다고 생각한 것을 일기 쓰기에서는 빼 먹었다. 일기 쓰기를 할 때는 생각한 것은 충분히

엄마, 쓸 게 없어요

활용하여야 한다. 친구는 축구를 잘 하였다는 뒷부분에 생각한 것을 써 주면 좋겠다. 그리고 축구를 언제 어디서 했는지 하는 내용이 빠져 있는 데, 일기는 자기가 한 일에 대해서 좀 더 자세히 살펴보고 정확하게 써야 한다. 글을 정확하게 쓰기 위해서는 우선 사실(있었던 일, 행동, 모양 등)을 정확하고 자세하게 써야 한다. 흔히 일기는 느낌을 많이 써야 좋은 것으로 알고 있는데 꼭 그렇지는 않다.

　1)은 '그런데'만 써도 된다. 같은 말을 반복해서 쓸 필요는 없다. 2)는 '보는'으로 고치는 것이 더 좋겠다.

1993년 11월 24일 수요일 맑음

동화책(송죽 1 양선아)

날씨가 추워서 밖에 나가 놀지도 못하고 해서 심심하다고 어머니께 말씀드렸더니 어머니께서 책을 읽고 독서 감상문을 써 보면 어떻겠느냐고 하셔서 그렇게 하겠다고 대답했다. 동생하고 같이 책을 읽었다. 나는 '흥부와 놀부' 책을 읽고 동생은 '말 안 듣는 청개구리' 책을 읽었다. 그런데 독서 감상문을 쓸려고 하니까 잘 쓸 수가 없었다. 그래도 썼다. 어머니께서 보시고 이것은 독서감상문이 아니고 줄거리를 적은 것이라며 독서감상문은 책을 읽고 책의 줄거리 보다 나의 생각, 느낌을 많이 적어야 된다고 가르쳐 주셨다. 앞으로는 그냥 책만 읽지 않고 꼭 독서 감상문을 써야겠다고 마음먹었다.

　이 일기는 책을 읽고 나서 독후감 쓰기의 어려움을 적은 것이다. 독서감상문 쓰는 법에 대해서 엄마에게 들은 이야기와 책을 읽을 때 앞으

로 어떻게 해야 겠다는 각오 등을 썼다. 표시된 부분은 짧은 문장으로
고쳐야 겠다.

엄마, 쓸 게 없어요

4. 생활문 쓰기

생활문은 생활 속에 있었던 일을 글로 나타내는 것이다. 생활 속에서 체험한 새로운 경험이나 가장 잊혀지지 않는 것, 큰 가르침을 받았거나 감동을 받은 것 등을 글감으로 해서 쓰면 생활문이 된다. 그렇지만 같은 이야기라도 순서에 맞게 써야 하며 겪은 일에다 자기의 느낌을 넣어서 쓰면 좋은 글이 된다. 그리고 무엇보다 중요한 것은 솔직하게 써야하며 다른 사람의 글을 흉내내지 말아야 한다. 또 대충대충 설명하듯이 쓰지 말고 자세하게 묘사하듯이 써야 한다.

생활문을 쓰기 전에 우선 주어진 제목에 따라 연상찾기를 하여야 한다. 앞에서 설명했듯이 풍부한 느낌과 경험 등을 잘 생각해 내는 것이야 말로 좋은 글을 쓰기 위한 필수요건이다. 따라서 주어진 제목에서 떠오르는 낱말, 본 것, 들은 것, 느낀 것 등을 생각할 수 있는 한 많이 생각해 내야 한다.

이렇게 많은 낱말을 연상찾기 한 후에는 무엇을 어떻게 써야 하는가를 고민해야 한다. 연상한 것 중의 한가지를 골라 쓰고자 하는 내용을 육하원칙에 따라 보다 더 상세하게 정리한다. 그리고는 개요짜기를 하면서 전체적인 글의 구도를 생각한다. 처음에 이야기를 어떻게 시작해서 전개할 것인가, 중간에 이야기의 절정은 어떻게 되고 끝부분은 어떻게 마무리할 것인가 등을 생각하면 된다.

생활문을 처음 시작할 때는 대개 시간과 장소로 시작하거나 대

화체로 시작한다. 대화체로 시작할 경우에는 자기가 써야할 글 중
에서 가장 절정에 해당하는 부분 중에서 갈등이 일어나는 부분이
나 사건을 전개할 수 있는 대화를 골라서 시작하는 것이 좋다.

　'어휴, 무거워. 언제나 내 책가방은 날 닮아서 그런지 나보다 더
뚱뚱해.'

　'뚱뚱이 내 가방'의 시작부분인데 혼자말로 책가방에 대해서 중얼거
리는 장면을 나타냈다. 뭔가 불만이 있고 이 책가방으로 인해서 앞으로
어떤 일이 일어 날 것 같은 느낌을 주고 있다.

　"엄마, 아이들이 자꾸 붕어빵이라고 놀려."
　잔뜩 찌뿌린 얼굴로 들어와 징징 짜는 목소리로 말했다.

　전지민이라는 아이가 쓴 '별명'의 시작부분이다. 첫 문장에서 어떤 일
이 일어났는지를 짐작케 하고 있다. 이처럼 생활문의 처음 시작을 대화
체로 할 때는 사건의 중심내용을 선택해서 그 당시의 분위기를 느끼게
해야 한다.

　또 자신의 얘기로 시작해도 된다.

내 별명은 짠돌이 또는 짠순이다. 군것질을 할 때 주로 친구들에게 받아 먹기만하고 줄때는 눈꼽만큼도 잘 안주기 때문이다. 하지만 나는 오히려 짠돌이란 별명이 자랑스럽다.

그 외에도 속담이나 의성어 등을 첫머리에 인용해서 시작하는 방법과 사물 또는 사실을 설명으로 시작하는 경우도 있다.

3학년이 되기 전에 우리반 선생님과 여러 선생님께서 다른학교에 가셨다. 교장 선생님께서도 다른 학교에 가셨다. 그래서 다른 교장 선생님이 오셨고 나는 아쉬웠다.

이 보기글은 학년초에 있는 선생님들의 인사이동때 교장선생님이 다른 학교로 전근 가신 것을 쓴 글이다. 처음 시작을 차분히 설명하듯이 썼다. 글의 첫부분은 무엇을 쓰고자 하는가를 나타내는 부분이기 때문에 전체적인 줄거리를 효과적으로 이끌어 갈 수 있도록 적절한 표현 방법을 골라서 쓰면 된다. 특별히 어떻게 하여야 한다는 것은 없다. 다만 지나치게 꾸미지 말고 자연스럽게 시작하면 된다.

처음부분을 이렇게 시작해서 생활문을 써 나가면서 주의해야 할 것은 좀 더 생생한 글이 되도록 하여야 한다는 것이다. 이렇게 하기 위해서는 개요짜기 한 것을 중심으로 순서에 맞게 써야 한다. 그리고 그림을 보듯이 자세하게 써야 하며, 대화를 넣어서 쓰는 것도 좋은 방법이다. 모든 글쓰기가 마찬가지이지만 생각이 머리속에 떠오를 때 얼른 써야 한다.

책가방

동산 3 김선아

"싫어 싫어, 이모가 나 준거란 말야."

"이 가방은 네 몸에 너무 커서 언니가 메야 돼."

대구에 사시는 이모가 책가방을 사 오셔서 우리는 다투게 되었다.

1)"얘들아, 아빠 주무시는데 그러면 되니?"

"엄마, 이 가방은 이모가 나 줬지? 응?"

"엄마, 이건 은아 몸에 맞지 않으니까 내꺼지?"

"이제 보니 너희들 이 책가방 하나 가지고 다투는 거구나? 그러면 이 책가방은 너희들이 서로 사과할 때까지 내가 가지고 있겠다."

엄마가 나가신 뒤에는 우리들은 '칫'하며 서로 떨어져 앉았다. 2)조금뒤에 아빠가 들어오시며

"선아, 은아야, 아빠 다리 좀 주물러 줘라."

우리는 다리를 주무르면서 아빠를 귀찮게 했다.

"은아는 바보래요."

"언니도 바보래요."

이렇게 욕을 하다가

"아빠, 아까전에 은아하고 다투었어."

"먼저 언니가 책가방이 나한테 맞지 않다고 그래."

엄마가 들어오시며

"얘들아 가위바위보로 정해라."

엄마, 쓸 게 없어요

이때 나는 생각했다. '내가 은아한테 조금만 3)사과했으면 됐는데…'

"은아야, 이 가방 네가 해. 네 가방은 좋지 않잖아."

4)우리 둘은 서로 사과하며 책가방은 은아 것이 되었다. 가방을 주고 나니 마음이 상쾌했다.

이 글은 대화체를 잘 활용한 좋은 예가 되는 것 같아 '구미문예 제3집'(구미글짓기교육연구회, 1996)에서 가려 뽑은 글이다.

대화체를 사용해서 동생과 싸운 모습을 표현했다. 동생과 가방 때문에 다툰 장면을 마치 그림을 보고 있는 것처럼 눈에 선하도록 잘 표현했다. 이처럼 대화체를 사용하면 그 당시의 분위기를 더 생생하게 표현할 수 있다.

1)과 2)의 문장에서 아빠의 행동이 분명치 않아 어색하고, 3)은 '양보'로 고쳐야 한다. 그리고 왜 그런 생각을 했는지를 써야 내용이 좀더 분명해 질 것 같다. 4)에서는 가방을 차지하게 된 동생과 양보한 나의 감정을 좀 더 자세하게 썼더라면 하는 아쉬움이 남는다. 혹시 모든 글의 끝부분을 반성하는 태도로 끝맺음 하는 것은 아닌지 모르겠다. 만약에 그렇다면 이것도 주의하여야 한다.

생활문을 쓸 때 처음과 중간부분 못지 않게 마지막 부분도 잘 써야 한다. 위의 '책가방'이라는 글에서도 보았듯이 잘 쓰다가 끝에 갑자기 얼버무리는 경우가 많다. 대개의 경우 아이들이 처음 시작과 이야기 전개는 잘 하면서도 끝맺음을 잘못한다. 이야기를 차분히 정리하지 않고 한마디로 설명해 버리든가 아니면 마치 반성문 쓰듯이 '— 라고 다짐했다, — 하지 말아야겠다' 는 식으로 다짐이나 각오 등을 써서·끝내기가 일쑤다. 이는 자연스럽지 못하며 잘 쓴 글을 오히려 망치게 한다.

끝부분을 쓸 때 앞의 내용과 관련해서 다소 여운을 남길 수 있도록 하던가 마음 속에 하고 싶은 이야기 등을 대화체로 끝맺음하면 좋다. 또 앞부분의 글을 간단하게 요약 정리하고 자신의 느낌이나 상대방의 태도변화 등을 설명하듯이 써도 된다. 글쓰기는 끝까지 정성을 기울여서 써야 한다.

나는 울면서 교실을 나왔다. 언젠가 정혜와 다시 만나서 기뻐할 날을 기다리며 서서히 멀어져 가는 학교를 바라보며 떠났다. 정혜와 나의 우정이 영원토록 변하지 않을 것을 믿으며…

정혜와 헤어지는 글쓴이의 감정이 나타나 있지 않고 우정이 변하지 말아야겠다는 다짐식으로 끝을 냈다. 이렇게 쓰면 읽는 사람이 동감하기가 어렵다.

"지영아, 다음부터는 학원 빼 먹지마. 알았지? 이제 그만 울고."
앞으로는 엄마께 거짓말도 하지 않고 남을 속이지 않는 엄마의 사랑스러운 딸이 되어야 겠다.

이 경우도 '앞으로는 —겠다'를 쓰지 않고 어머니의 말씀으로 끝을 내는 것이 오히려 더 감동적이라 하겠다.

엄마, 쓸 게 없어요

나는 아빠가 해주신 이야기가 조금 이해되었다. 나는 내가방을 손으로 한 번 만져 보았다.

아빠의 말씀을 듣고 가방을 손으로 다시 한 번 만지는 글쓴이의 행동에서 읽는 사람은 글쓴이와 가방과의 관계에 잔잔한 감동을 갖게 된다.

나는 꾸중을 들을 각오를 충분히하고 큰마음 먹고 선생님 앞으로 나갔다.
"지혜가 왜 먹물을 칠했지? 아마 실수였을거라고 선생님은 믿어. 지혜는 그런 애가 아니거든. 자 엄마께서 걱정하시겠다. 어서 집에 가거라."
"네"
라고 하는 나의 힘찬 대답과 함께 선생님께서는 등을 토닥거려 주셨다. **비록 전근을 가서서 마음 속에는 잊혀지고 있지만 나의 추억 속에서는 영위히 잊혀지지 않는 선생님이시다.**

표시된 부분은 없애도 선생님의 자상함은 읽는 사람의 마음 속에 남게 된다. 끝에 가서 뭔가를 완전하게 정리해야 한다는 생각에서 벗어나야 한다.

아빠의 설명을 들은 후 나는 좀 더 전기에 신경을 써서 화재가 일어나지 않도록 노력하기로 다짐했다. 요즈음도 나는 전기에 신경을 쓴다. 삼촌댁처럼 그런 일이 안 일어나게…

말줄임표를 이용해서 끝맺음을 했으나 앞에 본 예와는 달리 여운이 남지 않는다. 왜냐하면 이미 글쓴이의 모든 마음이 나타나 있기 때문이다.

글을 쓸 때 가장 중요한 것은 다 쓴 글은 반드시 다시 읽어 보고 맞춤법이나 잘못된 표현 등을 고치는 것이다. 다시 읽으면서 내용 면에서 쓰려고 한 것이 충분히 나타났는가, 무엇을 썼는지 알 수 없는 곳이나 확실히 표현되지 못한 곳은 없는가, 사실과 맞지 않는 곳은 없는가, 좀 더 자세히 써야 할 곳은 없는가 등을 살펴 보면 된다. 또 필요없는 말, 줄여도 좋은 말은 없는가, 너무 어려운 말은 없는가를 살펴 고치도록 한다. 다음은 형식적인 면에서 틀린 글자, 빠뜨린 글자, 띄어쓰기, 문단은 제대로 나누어졌는가, 그 밖에 부호, 원고지 사용법 등도 눈여겨 보아야 한다.

다음에 생활문의 몇 가지 보기 글을 살펴 보도록 하자.

엄마, 쓸 게 없어요

교장선생님

형곡 3 유승배

  3학년이 되기전에 우리반 선생님과 여러 선생님께서 다른학교에 가셨다. 교장선생님께서도 다른 학교에 가셨다. 그래서 다른 교장 선생님이 오셨고 나는 아쉬웠다.

  3학년이 되어서 소운동회를 했다. 맨 처음에 교장선생님의 말씀이 있었다. 나는 짧을 줄 알았는데 너무 길었다.

  "에이, 작년 교장선생님은 적절히 말씀을 했는데 지금 교장선생님은 너무 길잖아."

  나는 1)**말을** 내 뱉었다. 그래서 나는 들은체도 안하고 앞에 있는 친구하고 2)**놀다가** 선생님께서

  "지금 뭐 하고 있어?"

  3)**말을 다하고는** 내머리를 때렸다.

  교장 선생님의 말씀이 다 끝났다. 말씀은 40분이 다와 가도록 많이 했다. 다른 반들은 한숨을 내쉬었고 4학년 형들은 욕을 했다. 작년의 교장 선생님이 우리학교에 계속 있었으면…

  교장선생님에 대한 솔직한 느낌을 잘 표현했다. 새 교장선생님에 대한 불만과 전에 계시던 교장 선생님에 대한 그리움이 잘 표현되었다. 교장선생님의 연설이 지겹다는 것을 대화체를 이용하여 잘 표현하였다. 끝맺음도 마음 속으로 생각한 것을 말줄임표를 사용해서 아쉬움을 표현했다. 특별히 꾸민 말이나 거짓스러운 부분 없이 자기의 솔직한 감정을 표현한 것이 매우 좋다.

  1)'말을'은 '불만을'로, 2)'놀다가'는 '노는데'로, 3)'말을 다하고'는 '하시고는' 으로 각각 고쳐야 한다.

산에 갔던 일(형곡 2 김현배)

　산에 폭포까지 가서 다리가 아팠다. 그래도 금오랜드에서 바이킹을 탔다. 재미있었다.

　이 글은 있었던 일을 자세히 쓰지 않고 그냥 '-갔다', '-탔다', '재미있었다' 이 세가지만 써 놓았다. 이렇게 쓰는 것은 올바른 글쓰기가 아니다. 여러번 강조했지만 글은 있었던 일을 잘 생각해 내서 자세히 써야 한다.

　따라서 이 보기글도 더 자세히 다시 써야 한다. 언제 누구와 같이 갔는지, 산을 오르면서 보고 듣고 한 것은 무엇인지 또 그때의 내 기분은 어떠했는지 등을 자세히 쓰도록 하자.

다시쓰기

　지난 토요일날 우리가족은 금오산에 갔다. 1)**김밥이랑 음료수를 싸가지고 갔다. 금오산 정상까지 갔다.** 땀도 많이 나고 다리도 무척 아팠다. 2)**그런데 정상에 도착하니** 기분이 참 좋았다. 집에서 싸온 음식을 맛있게 먹고 산을 내려왔다. 내려올때는 힘이 들지 않았다. 3)**다음에 또 오고 싶었다.**

　앞의 글과 뒤의 글이 많이 달라졌다. 같은 글감이라도 얼마나 정성들여 자세히 쓰느냐에 따라 좋은 글이 될 수 있다. 그런데 이렇게 써 놓고 보니 제목을 잘못 정한 것 같다. 제목을 '산에 갔던 일'보다 '재미있는 바이킹'이라고 했더라면 현배는 더 솔직한 감정을 많이 쓰지 않았을까 한다. 산에 갔던 일을 무조건 자세히만 쓰려고 하니 표시된 1), 2), 3)처

럼 약간의 억지가 보이는 듯도 하다. 그리고 앞에서 썼던 바이킹 탄 이
야기는 빼 먹어 버렸다. 앞부분에 바이킹을 탔다는 이야기를 고쳐 쓰기
에서도 썼으면 더 재미있는 이야기가 되었을 것이다.

뚱뚱이 내 책가방

형남 3 진선미

‘어휴, 무거워. 언제나 내 책가방은 날 닮아서 그런지 나보다 더 뚱뚱해.’

오늘 역시 뚱뚱이 내 책가방을 어깨에 매고 낑낑거리며 무거움 발걸음으로 계단을 올라갔다. 내 책가방은 이상하게 4교시가 들었을 때도 무겁다. 물론 뚱뚱하기도 하다. 교실에 도착했을 때였다.

“여기 보시라! 이 뚱뚱이 가방의 주인이 나타나셨다. ”

우리교실의 개구쟁이 이성민이가 또 내 책가방을 보고 놀린다. 그러나 난 신경을 안 쓴다. 매일 그렇게 듣는 놀림이기 때문이다. 그러나 그때마다 내 마음속에는 한가지 분명한 생각이 든다. 그것은 바로 책가방을 세로로 되어 있는 것으로 바꾸는 것이다. 그러나 엄마에게 말해 보면

“마, 됐어!”

하며 그 한마디로 끝낸다. 나도 역시 이 가방이 좋다. 왜냐하면 내가 필요로 하는 것들을 많이 넣을 수 있기 때문이다. 1)**나의** 책가방에 매일 넣어 다니는 것 중에는 2)**여러 가지가 있지만 특히 금딱지 수첩** 이것들은 매일 넣어 다닌다. 다른 사람들은 그것을 쓸데없는 것이라고 하지만 난 그래도 그것이 꼭 필요하다. 3)**왜냐하면 우리 반 여자아이들은 그것으로 재미있고 이상한 놀이를 한다.** 그런데 어제였다. 엄마가 갑자기 내 가방을 훑어 보시는 것이다. 그러다 그 쓸데없는 것을 발견하였다.

‘어휴, 큰일났다.’

그래서 나는 엄마에게 혼이 났다. 가방을 무거워 하면서도 쓸데없는 것 들고 다닌다고.
그래서 오늘은 쓸데없는 것을 빼고 학교에 가니
"어! 야, 뚱뚱이 가방, 웬일로 날씬하냐?"
그래도 난 아무말 하지 않았다.

책가방이 무겁고 뚱뚱한데 그 속에 필요 없는 무언가를 많이 넣어 다니다 엄마께 혼이 났다는 이야기이다. 평범한 일이지만 실감나게 잘 썼다. 특히 엄마가 한마디로 거절하는 장면을 대화체를 이용하여 실감나게 표현했다. 그리고 맨 마지막 문장 '그래도 – 않았다.'라는 표현이 선미의 감정을 잘 대변해 주고 있다. 직접적이지 않은 이런 표현들이 글맛을 더 좋게 해 준다. 이렇게 자기 주변의 여러 가지를 자세히 관찰해 보면 거기서도 충분히 재미있는 글감이 나온다. 생활문은 반드시 어떤 특별한 일만을 쓰는 것이 아니다.
1)은 '내가'로, 2)는 '여러 가지가 있다. 그 중에서도'로 고쳐 써야하고, 3)뒤에 그 놀이가 무엇인지를 자세히 씨 주었으면 좋겠다.

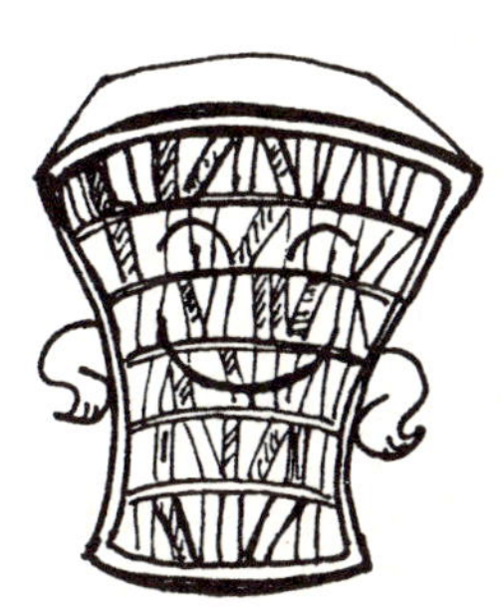

'어휴, 무거워. 언제나 내 책가방은 날 닮아서 그런지 나보다 더 뚱뚱해.'

오늘 역시 뚱뚱이 내 책가방을 어깨에 매고 낑낑거리며 무거움 발걸음으로 계단을 올라갔다. 내 책가방은 이상하게 4교시가 들었을 때도 무겁다. 물론 뚱뚱하기도 하다. 교실에 도착했을 때 였다.

"여기 보시라! 이 뚱뚱이 가방의 주인이 나타나셨다. "

우리교실의 개구쟁이 이성민이가 또 내 책가방을 보고 놀린다. 그러나 난 신경을 안 쓴다. 매일 그렇게 듣는 놀림이기 때문이다. 그러나 그때마다 내 마음속에는 한가지 분명한 생각이 든다. 그것은 바로 책가방을 세로로 되어 있는 것으로 바꾸는 것이다. 그러나 엄마에게 말해 보면

"마, 됐어!"

하며 그 한마디로 끝낸다. 나도 역시 이 가방이 좋다. 왜냐하면 내가 필요로 하는 것들을 많이 넣을 수 있기 때문이다. 내가 책가방에 매일 넣어 다니는 것중에는 **여러 가지가 있다.** 그 중에서도 특히 금딱지 수첩 이것들은 매일 넣어 다닌다. 다른 사람들은 그것을 쓸데없는 것이라고 하지만 난 그래도 그것이 꼭 필요하다. 왜냐하면 우리 반 여자아이들은 그것으로 재미있고 이상한 놀이를 한다. 그 **놀이는 수첩에다 판을 그리고 금딱지로 가위바위보를 해서 이긴 개수만큼 움직이는 것이다.** 그러나 그 이름은 잘 모른다. 어쨌던 재미있다는 것은 확실하다. 그런데 어제

였다. 엄마가 갑자기 내 가방을 훑어보시는 것이다. 그러다 그 쓸데없는 것을 발견하였다.

'어휴, 큰일났다.'

그래서 나는 엄마에게 혼이 났다. 가방을 무거워 하면서도 쓸데없는 것 들고 다닌다고.

그래서 오늘은 쓸데없는 것을 빼고 학교에 가니

"어! 야, 뚱뚱이 가방, 웬일로 날씬하냐?"

그래도 난 아무말 하지 않았다.

이처럼 모든 글쓰기는 자세한 관찰을 통해서 상세하게 써야 하며 다 쓴 후에는 반드시 다시 읽어보고 고쳐 쓰기를 해야 한다. 대부분의 어린 이들이 글을 길게 써야 한다는 부담을 가지고 있어 주제와 관계없는 이야기를 이어서 쓴다. 글을 길게 쓰기 위해서는 앞서 이야기 한 것처럼 사건이나 본 장면 등을 상세하게 써야지 아무 이야기나 막 써서는 안된다. 그리고 반드시 글이 길어야 되는 것도 아니다. 짧은 글이라도 자기의 생각이 충분히 나다나면 된다.

5. 독서감상문 쓰기

　마음으로 느낀 생각을 글로 적은 것을 감상문이라고 한다. 영화를 보고 느낀 글을 적었다면 영화감상문이고 음악을 듣고 마음 속에 일어난 느낌을 글로 적었다면 음악감상문이 된다. 책을 읽고 그 느낌을 적으면 독서감상문이 된다. 독후감은 독서감상문을 말하는 것이다.

　독서감상문은 원래 특별한 형식이 있는 것은 아니다. 다만 좀 더 잘 쓰기 위해서 편의상 쓰는 형식을 정해 놓았을 뿐이다. 우선 독서감상문은 그 쓰는 종류에 따라 생활문 형식, 일기 형식, 편지 형식 등으로 나눌 수 있다.

　독서감상문 쓰기는 많은 독후활동 중의 하나에 지나지 않는다. 따라서 책을 읽고 나서 반드시 독서감상문을 써야 하는 부담을 갖지 않는 것이 좋다. 책을 읽고 친구나 선생님과 토론을 해도 되고 또 친구들끼리 역할을 나누어 역할극을 하는 것도 좋은 독후활동 중의 하나이다. 그리고 책표지를 새롭게 만들어 보거나 뒷이야기를 상상하여 글쓰기를 해도 좋다.

　독서감상문을 쓸 때 제목을 두 줄로 쓰는 것이 좋다. 예를 들면 책제목을 그대로 인용해서 <'이순신'을 읽고>라고 하는 것보다는 그 책에 대한 자기의 느낌이나 전체적인 내용이 잘 나타나도록 큰 제목과 작은 제목으로 나누어서 쓰는 것이 좋다. 즉 <나라 사랑하는 마음을 가질래요-'이순신'을 읽고>처럼 말이다.

　독서감상문도 다른 글쓰기처럼 처음, 중간, 끝 이렇게 세 부분으로 나눌 수 있다. 보통 독서감상문을 쓸 때 처음에 읽게 된 동기를 써야 된다고 하는데 이는 반드시 쓸 필요는 없다. 그 책을 읽게 된 특별한 이유가 있으면 모르지만 그렇지 않으면 억지로 지어서 쓸 필요는 없다. 굳이 동기를 써야 한다면 책을 처음 대했을 때의 생각이나 간단한 책소개 정도면 충분하다. 이것도 힘들면 쓰지 않아도 된다. 곧바로 내용이나 쓰고 싶은 것부터 쓰면 된다. 가운데 부분도 줄거리와 느낌을 번갈아 가며 쓰도록 가르치고 있다. 그러나 이것도 반드시 그렇게 할 필요가 없다. 자기의 기억에 남는 내용이나 느낌 또는 생각 등을 그대로 쓰면 된다. 그리고 끝부분에서는 교훈적인 내용을 찾아서 기록하고 '나도 그렇게 하겠다'고 끝맺는 경우가 대부분이다. 즉 동화를 읽고 독후감을 쓸 때 줄거리를 요약하고, 그 이야기 속에서 본받을 점이나 앞으로의 각오 등을 쓰는데 반드시 좋은 방법은 아니다. 앞의 내용을 다시 한 번 되새기며 요약하는 정도에서 끝내면 된다. 그리고 교훈적인 내용(주인공의 어떤 점을 본받아야 겠다는 형식적이고 도덕적인 내용)보다는 그 내용이나 주인공의 행동 또는 이야기의 바탕이 된 장소나 시대적인 배경 등에 대한 자기의 생각을 쓰는 것이 더 좋다.

엄마없는 뭉치
-'나야 뭉치 도깨비야'를 읽고-

형곡 2 이준우

이 책을 한우리독서교실에서 받아서 읽게 되었다. 지은이는 서화숙이고 출판사는 웅진 출판사이다. 나는 '뭉치의 크리스마스 이야기'가 재미있었다.

크리스마스가 돌아왔다. 보람이와 아름이는 선물을 받았다. 그런데 뭉치는 선물을 못 받았다.

"나도 착한 아인데 왜 선물을 안주시는 거야."

하고 뭉치가 화를 냈다. **그런데** 보람이 엄마가 뭉치에게 맞는 이불을 만들어 주어서 기뻤다. 나도 선물을 받고 싶다. 그리고 **뭉치처럼 재미있게 살고싶다.**

이 독서감상문은 형식에 너무 얽매여 있다. 지금 준우가 쓴 동기는 굳이 쓰지 않아도 되는 것이다. '나야 뭉치 도깨비야를 읽었는데—'이렇게 시작하는 것이 오히려 자연스럽다.

이처럼 동기를 형식적으로 쓰는 아이들에게는 책을 처음 주었을 때 곧바로 내용을 읽게 하지 말고 책 표지 그림, 책의 크기, 제목에서 받은 느낌 등을 먼저 이야기 해 보게 하면 자연스럽게 동기를 쓰게 된다.

'그런데'는 '그래서'로 고쳐야 한다. 그리고 뭉치가 선물을 받고 기뻤다는 대목에서 준우가 크리스마스때 선물을 받고 좋아했던 경험을 떠올려 느낌을 좀더 상세하게 썼더라면 좋았겠다.

엄마, 쓸 게 없어요

김구, 나라를 위해 일하다 안두희에게 총 맞아 죽다
―'백범 김구'를 읽고―

형곡 5 박현수

1) 11시30분경에 **몇번 경교장을 방문한 일이 있는 육군 소위 안두희가 찾아와서 면회를 요청했다.** 전에도 몇번 찾아 온 일이 있었기 때문에 비서들은 달리 생각하지 않았다. 그때 김구는 탁자에 앉아 붓글씨를 쓰고 있었다. 비서가 아래층으로 내려 온지 불과 2, 3분이 지났을 때 갑자기 요란한 총소리가 이층에서 났다. 비서가 층계를 두세발짝 올라 갔을 때 총을 든 안두희가 내려 오고 있었다. 1949년 6월26일 낮 12시 45분이었다. 2) 그는 안두희가 쏜 총알 네발을 맞고 조국통일의 꿈을 이루지 못한 채 원통히 눈을 감은 것이었다. 그의 나이 74세였다.

백범 김구는 1876년 음력 7월 11일 힘찬 울음 소리와 함께 태어났다. 어릴때부터 몸집이 컸는데 많이 먹지 3) **못한게** 항상 불만이었나. 어릴 때 이름은 창암이라 하였다. 4) **가난한 이들은 지금 과거시험을 쳐도 위에서 거들떠 보지도 않는 것을 알고 풍수지리를 보거나 관상도 배웠지만** 자기의 얼굴을 보고 내팽겨 버렸다. 그 뒤 이름을 '창호'라고 바꾸고 5) **동학군에도 들어가고 중도 되었는데 동학군으로 활동하다가 여러차례 감옥에 갇히기도 하고 고문을 당하기도 하였다.** 그러다가 중국에 있는 임시정부의 총제자리에서 국무령 자리까지 올라가 이봉창 윤봉길 의사들을 6) **지시하였다.** 7) **중국과 자주 회담도 가지고 자금이 모자랄 때는** 미국과 하와이의 동포들에게 자금을 보내 줄 것을 요청하기도 하였다. 김구는 안타깝게 죽었지만 그의 위대한 업적은 우리역사에 길이 남을 것이다.

이 독서감상문은 책을 읽게 된 동기라든지 책의 소개는 없지만 어색하지 않고 줄거리 요약이 잘되었다. 또 가장 긴장되는 순간을 글 머리에 써서 주의를 집중시켜 나갔다. 그리고 김구의 탄생부터 이야기를 풀어 나갔다. 틀에 맞추어진 독서감상문보다 훨씬 더 잘 썼다.

1)은 '11시 30분경에 경교장을 방문한 육군소위 안두희는 김구선생을 찾아와 면회를 요청하였다' 2)는 '김구는'으로 3)은 '못하는 것이'로 4)는 '그 당시는 가난한 이들은 과거시험을 치더라도 관리들은 뽑아 주지를 않았다. 그래서 김구는 풍수지리와 관상을 공부했지만 자기의 얼굴을 보고 그것도 내팽개 쳐 버렸다.'로 하는 것이 보다 명확하게 의미를 전달할 수 있다. 5)에서는 동학군으로 들어간 김구가 한 일을 좀더 상세히 쓰고 무엇 때문에 감옥에 갔는지를 썼더라면 좋았겠다. 6)은 '지휘하였다'로 고쳐야 한다. 7)에서는 '우리나라의 독립을 위해서 중국과 자주 회담도 가지고 독립자금이 모자랄때는'으로 자세히 써야 한다. 그리고 마지막 부분에 '그 위대한 업적은 우리 역사에 길이 남을 것'이라고 했는데 그 분의 업적 중에서 내 마음 속으로 존경할 만한 것들을 적었더라면 더 좋았을 것이다.

엄마, 쓸 게 없어요

책을 읽고 이처럼 독서감상문만 쓰기 보다는 앞서 잠깐 얘기 한 것처럼 여러 가지 활동을 하면 독서에 더 많은 흥미를 가지게 될 것이다. 독후활동으로는 책표지 만들기, 달력 만들기, 주인공에게 상 주기 등이 있다. 그 중에서 독서감상문 쓰기와 비슷하면서도 아이들이 지겨워하지 않는 것이 주인공에게 상 주기이다. 이는 책을 읽고 난 후 주인공의 행동과 마음씨 등을 생각해서 자기가 어떤 상을 줄것인가를 정한다.

이를테면 용기상, 모험상, 고은이 상 등 주인공의 특징에 맞게 상의 이름을 각자가 정하도록 한다. 그리고 상장 형식에 맞추어 자기 이름으로 동화 속의 주인공에게 상을 주게 한다. 이렇게 하면 줄거리 요약, 주인공의 특성, 책을 읽고 난 후의 자기 느낌 등이 모두 다 나타나 독서감상문쓰기에서 얻으려고 하는 것을 충분히 얻으면서도 아이들에게 지겨움을 주지 않는다.

이처럼 독서감상문을 쓰기 위한 독서가 아니라 책을 재미있게 읽고 감동을 받기 위한 독서교육이 되어야겠고 독서감상문 쓰기는 그와 같은 목적에서 쓰게 해야 할 것이다. 그 외에도 기억나는 장면 그림 그리기, 가장 되고 싶은 주인공 모양으로 분장하기, 그 책의 내용에 맞게 책 꾸미기, 주인공 명함 만들기, 신문 만들기 등 다양한 독후활동이 있다.

제1호

상　　　장

좋은 어머니 상　　　　　　　　　　　　　영미 새 엄마

책 제목 : 밤티마을 큰 돌이네 집 (이금이)

　영미의 엄마는 도망을 갔고 아버지는 매일 술만 먹었다. 오빠와 함께 어렵게 살고 있던 영미는 어느날 어떤 교수집의 양녀로 간다. 그러나 영미는 밤티마을의 오빠와 아버지를 못 잊고 계속 돌아 가야겠다고 생각한다.
　위 영미 새 엄마는 자신의 욕심을 버리고 영미가 어떻게 하는 것이 정말로 영미를 위하는 길인가를 생각한 후, 영미의 행복을 위해서 영미를 밤티마을로 돌아가게 하였으므로 좋은 어머니 상을 줍니다.

1996년　6월 26일

상 주는 사람

경북 구미시 형곡서부 초등학교
4학년　　장　민　호

제 2 호

상   장

모범상   오 큰 돌

책 제목 : 밤티마을 큰 돌이네 집 (이금이)

　　어머니는 도망을 갔고 아버지는 술주정만 하였다. 그렇지
만 오큰돌은 용기를 잃지 않고 동생 영미와 함께 살았다. 또
영미가 부잣집의 양녀로 간다고 하였을 때도 영미를 위해 보
내 주었다. 이처럼 위 오큰돌은 평소에 동생을 잘 돌보고 모
든 가족에게 큰 아들로서의 모범을 보였기 때문에 상을 주니
앞으로도 모범적으로 살아가기 바랍니다.

　　　　　　　　　　1996년   6월 26일

상 주는 사람

　　　　　　경북 구미시 형남 초등학교
　　　　　　4학년   이 　재 　훈

금오 2 박준규

1) **내가** 친한 한용이에게

한용아, 안녕. 이제 날씨가 무더워 한용아. 내가 너에게 용이라고 해도 돼? 그러면 너는 나를 규라고 불러.

나는 학교생활도 잘 되고 학원도 잘 다녀. 나는 너에게 재미있는 한 책을 소개하고 싶어. 그 책은 착한 도깨비에 대해서 나와. 제목은 '나야 뭉치 도깨비야'라는 책이야. 지은이는 서화숙이라는 사람이야. 그리고 뭉치는 귀엽고 작고 착한 도깨비야. 그 책에서는 8개의 동화가 들어 있어. 그리고 그림도 재미있어.

2) **내가 '뭉치의 크리스마스 이야기'를** 들려 줄게. 그 책에는 크리스마스때 뭉치는 선물을 못받아서 속이 상했어. 그런데 보람이 엄마가 뭉치도깨비가 보람이네 집에 사는 것을 알고 뭉치도깨비에게 선물을 했어. 그래서 뭉치가 기분이 좋아졌어. 그 책을 읽고 정말 재미있었어. 처음에는 그림만 보고 재미없는 줄 알았는데 다 읽고 나니 정말 재미있었어. 꼭 너에게 권해 주고 싶어. 도깨비에 대해서 재미있게 나와서 권해 주고 싶어.

한용아, 꼭 건강하고 잘 있어.

안녕.

1996년 6월 7일 3) **준규 올림**

엄마, 쓸 게 없어요

　이 독서감상문은 준규(금오, 2)가 친구에게 편지쓰는 형식에 맞춰 쓴
것이다. 친구의 안부를 묻는 부분과 책에 대한 소개도 잘 썼다. 특히 책
에 대해 느낀점을 중간중간에 잘 넣어서 썼다. 1) '내가'는 '나와'로 해야
한다. 2)는 문단 나누기를 했으면 좋겠다. 그리고 3)은 친구나 자기 보다
나이가 적은 사람에게 편지를 쓸때는 '올림'이라 쓰지 않고 '씀'이라고
해야 한다.

'바람도깨비'를 읽고
─바람도깨비에 나오는 친구들에게─

형남 2 박대웅

첫 번째 친구, 몸살 앓는 조개에게

조개야 넌 왜 흉내를 못낸다고 생각하니? 새우, 금붕어는 흉내를 잘 내는데 너는 왜 못하니?

너는 뚜껑이 있어 편리하고 진주도 만들잖니? 그런데 넌 왜 못한다고 하니. 이제부터 너는 흉내 잘 내는 조개라고 해. 안녕.

두 번째 친구, 여우와 곰에게

여우와 곰아 너희들은 왜 도우며 살아야 하는데 왜 여우 너는 곰에게 네 마리 고기를 숨기니. 그래서 곰이 화가 났잖아. 이제부터 여우야 곰과 도우며 살아. 안녕

세 번째 친구, 생각없는 나라의 염소할아버지에게

염소할아버지, 할아버지가 어린동물들에게 이야기를 하는데 이야기를 끝까지 해 줘야죠. 그래서 동물들이 네모상자를 봐서 여우에게 훈련받잖아요. 그러니 할아버지까지 죽었잖아요. 앞으로 이야기 할 땐 끝까지 해 주어야 해요.

엄마, 쓸 게 없어요

　　이것은 같은 편지 형식의 글이라도 친구에게 쓴 것이 아니고 책 속의 주인공(등장인물)에게 쓴 독서감상문이다. 대웅이가 쓴 독서감상문은 지금까지 우리가 보아온 독서감상문하고는 좀 다른 형식이다. 이 바람도깨비는 단편동화집이기 때문에 여러 가지 이야기가 나온다. 그래서 대웅이는 거기에 나오는 몇가지 이야기들을 각각의 주인공들에게 하고 싶은 말을 전하는 형식으로 독서감상문을 썼다. 자기가 읽고 이상하게 느낀 점들을 동화 속의 친구들에게 물어보기도 하고 또 잘못 생각하고 있는 것들을 바르게 고쳐주기도 했다. 그런데 염소할아버지 이야기에서 할아버지가 왜 다른 동물들에게 이야기를 끝까지 들려주지 않았는지 다시 생각해 보았으면 좋겠다. 염소 할아버지가 그렇게 한 것은 다른 동물들에게 생각을 많이 하도록 하기위한 방법이었는데 대웅이는 내용을 잘못 이해하고 있는 것 같다.

'웃고 있는 보물들'을 읽고

형곡서부 5 이종민

나는 이 책을 읽고 나서 가고 싶은 곳이 너무너무 많았다. 왜냐하면 책을 모두 다 읽어보면 흥미를 끌기 때문이다. 그 중에서 제일 재미있었던 것이 세종대왕의 영릉이었다. 처음에는 묘자리는 아무데나 1) **써도 되지 않을까?** 생각해 보았는데, 세종대왕의 영릉을 읽어보니 묘자리 쓰는 것은 결코 미신이 아니라 평생을 좌우할 수 있다는 것을 알았다. 그런데 한가지 궁금한 것은 어떻게 좋은 자리를 찾을수 있는지 모르겠다. 풍수장이는 신통한 힘이 있는가 보다.

그건 그렇고 이 책을 내 친구에게 꼭 한 번 권해 보고 싶다. 책도읽고, 유적지 공부도 하니까 일석이조다. 2)**그래서 친구에게 권해 보겠다.** 그리고 마지막으로 건의하고 싶은 것이 있다. 3) **몇몇 글은 끝이 매끄럽지 않고 딱 끊긴것도 있다.** 이런 점을 조금 보충하면 좋겠다. 또 이 책을 지은 사람에게 수고했다고 한마디 4)**건네** 보고 싶다.

동기와 줄거리, 느낌, 각오 등의 형식에 얽매이지 않고 전체적인 느낌을 잘 정리했다. 그런데 제목을 책에 대한 자기의 전반적인 느낌이나 중심생각 등으로 큰제목과 작은 제목으로 나누어서 썼으면 한다. 그리고 1)에서 문장부호 쓰는 것이 혼동되었는데, 문장 속에서는 물음표나 느낌표, 마침표 등을 쓰지 않는다. 2)는 중복되는 말이므로 빼내어야 한다. 3)에서는 책내용에서 종민이가 생각하는 잘못된 부분을 지적했는데 그 매끄럽지 않은 곳을 좀 더 구체적으로 지적하고 부연설명을 했으면 더 좋겠다. 4)는 '전해 드리고'로 고치고, 종민이가 작가 선생님께 하고 싶은 말을 예의 바르게 구체적으로 쓰면 좋겠다. 책의 줄거리 보다는 느낌위주로 잘 썼다.

나라의 독립에 일생을 바친 애국자 김구
—'백범 김구'를 읽고—

형곡 4 진민주

1)학원에서 받아서 읽게 된 책인 '백범 김구'는 김구선생님의 애국 정신이 잘 나타나 있는 책이다. 일본에 빼앗긴 나라를 찾기 위해 많은 애국자들과 함께 독립운동을 벌이며 일본에게 대항하시던 김구 선생님은 감옥에 간다. 하지만 모진 고통 속에서도 일본에게 굴복하지 않으신 김구 선생님은 2)**정말 존경받아 마땅한 분이다**.

1949년 6월 26일 육군소위 안두희의 총에 서거하셔서서 통일의 꿈을 이루지 못한 체 한 많은 일생을 마치신 3)**김구 선생님은 나라에 없어서는 안될 인재이자 국민에게 있어서는 아주 큰 별이었다는 것을 이 책을 통해 새삼 알 수 있었다**. 그렇지만 김구 선생님께서 이런 일을 하시기까지 어머니의 역할도 적지 않았다. 김구가 기생과 어울릴 때는 충고를 해 주고 새로운 용기를 심어 주어 김구의 고개를 숙이게 만드는 역할을 하신 분이 어머니였던 것이다. 4)**김구 못지 않게 어머니의 애국심도 컸었다**. 김구선생님은 국민들의 큰 별이었으며 앞으로도 오랫동안 우리의 마음 속에 남아 있을 것이다.

엄마, 쓸 게 없어요

처음에 책을 읽게 된 동기를 썼는데 읽어야 하는 특별한 이유가 되지 않는 것 같다. 이런 경우는 굳이 동기를 쓰지 않아도 된다. 본문 중에서 훌륭한 김구가 있기까지는 어머니의 역할이 컸다는 점을 들어 자기의 느낌이 잘 정리되었다. 끝부분에서도 '나도 김구처럼....'하는 식이 아니고 우리들 기억 속에 그 업적이 남을 것이라고 하면서 자연스럽게 끝맺음을 했다. 이처럼 전기문을 읽고 독서감상문을 쓸 때는 이야기의 줄거리를 다 요약하려고 하지 말고 그 분의 일대기 중 특별히 기억에 남는 한 부분을 쓰고 자기의 생각을 곁들이면 된다.

1)은 '이 책은'으로 하는 것이 좋겠다. 2), 3), 4)에서는 존경받을 만한 일과 애국심이 컸다는 것을 그냥 설명으로 하지 말고 구체적으로 한 일들을 찾아서 적었더라면 하는 아쉬움이 있다.

어린이날 선물('갓난 송아지' 중)

도산 3 최지영

때 : 어린이 날
곳 : 골목길
나오는 사람들 : 창식, 영미, 영주, 아버지, 어머니

해설

1)**영미와 영주는 골목길에서 장난감 개를 가지고 있는 창식이를 보고 있다. 영주는 그것을 보고 말했다.**

영　주 : (장난감 강아지를 보며) 창식아 나도 한 번 만져 보자.

창　식 : (손을 저으며) 안돼!

영　주 : (손가락을 1자로 해 보이며) 한 번만.

창　식 : 안된대두.

해　설 : 창식이는 장난감 강아지를 끌어 안고 들어가려 하자
　　　　영주는 화가 나서 돌맹이 하나를 집어던졌다. 그러
　　　　나 창식이는 맞지 않았다

창　식 : 2)**(비웃으며)** 용용, 죽겠지.

3)**해 설 : 화가 난 영주는 영미에게 짜증을 냈다.**

영　주 : 영미야 , 집에 가자.

영　미 : 응, 그래. 집에 가자.

해　설 : 영주는 영미와 함께 집으로 돌아 갔다. 영주와 영미

엄마, 쓸 게 없어요

는 아버지께서 선물을 사오시길 4)**기대했지만 아버지께서는 계시지 않았다.**

어머니 : 아버지가 외삼촌댁에 있는 부모 없는 아이를 데려 오시느라고 늦으시나 보다.

영　주 : 5)(울먹이며) 히힝, 그까짓 아이 난 싫어. 장난감 강 아지 사주지 않으면 난 싫어.

6)해 설 : **영주가 이렇게 불평했다. 영주와 영미는 아버지를 기 다리다 잠이 들었다. 아버지께서 데려온 아이는 코흘 리개 아이였다.**

아버지 : 영미하고 영주는 여태 자누. 오늘이 어린이 날인데 일찍 일어 나야지.

해　설 : 아침에 아버지 소리가 들려 7)**일어나 보니 예쁜동화 책이 있었다. 그래서 밖으로 나가 보니 아버지께서는 멋진 강아지를 데리고 계셨다.**

아버지 : (**웃으며**) 애들아, 오늘부터 너희들이 이 강아지를 맡아서 잘 길러라.

영미, 영주 : 야아! 진짜 강아지다. 우리아빠 제일이야!

해　설 : 두 아이는 아버지께 꼭 안겼다.

지영이가 쓴 대본은 해설이 너무 많고 필요 없는 대사가 군데군데 보이기는 하지만 전체적인 줄거리와 지문을 활용하여 감정처리를 잘 했다.

1)은 무대설명을 하는 부분이므로 '막이 오르면' 이라는 말을 넣어 주 면 좋겠다. 2)는 약을 올리는 모습의 지문으로 나타내어야 되겠고, 3)은

해설로 처리하기 보다는 영주의 다음 대사 앞에 '화가 나서 영미에게 짜증 섞인 목소리로'처럼 지문으로 했으면 좋았겠다. 4)는 '기대했다'로 끝내는 것이 더 좋겠고 5)는 '불만에 가득 차서'로 고치고 6)은 '영주와 영미는 아버지를 기다리다 잠이 들었다'만 쓰든지 아니면 강아지와 관련되는 꿈 이야기를 하는 것이 더 자연스럽겠다. 그리고 다음날 아침이라는 것을 나타냈으면 좋겠다. 7)에서는 동화책이 있었다는 것을 빼야 되겠다. 강아지 선물을 받은 것을 강조하기 위해서.

엄마, 쓸 게 없어요

흥부와 놀부의 저승 이야기

형곡 3 유승배

때 : 흥부와 놀부가 죽었을 때

곳 : 저승

등장인물 : 흥부, 놀부, 저승사자 1, 저승사자 2, 염라대왕, 흥부
아내, 놀부아내

막이 오르면 무대 중앙에 염라대왕이 의자에 앉아 있고 흥부
와 놀부가 저승사자에 잡혀와 있다.

염라대왕 : 저승사자들아, 수고했다.

놀부! 니가 왜 여기 있는지 알겠느냐?

놀　　부 : 모,모르겠습니다.

염라대왕 : 괘씸한 놈! 여봐라. 이 놈을 잠깐 동안 감방에 가두어
라.

저승사자들 : 예히-

놀　　부 : (끌려가면서) 살려주세요. 제발.

염라대왕 : (흥부에게) 너는 여기에 왜 있는지 알겠느냐?

흥　　부 : 네. 놀부형을 괴롭혀서인 것 같습니다.

흥부아내 : (속삭이면서) 무슨 소리예요?

흥　　부 : 놀부형에게 매일 밥을 달라고 한 것이 형을 너무 괴롭
힌 것 같습니다.

염라대왕 : 음-

저승사자 1 : 놀부를 데리고 올까요?

염라대왕 : 데리고 와라.

저승사자 1 : 감방 문을 열어.

저승사자 2 : (감방문을 열며) 알았어.

염라대왕 : 놀부, 너 왜 제비의 다리를 부러뜨렸느냐?

놀   부 : (말이 없다)

놀부아내 : (속삭이면서) 원래 부러져 있었다고 해요.

놀   부 : 원래 부러져 있었습니다.

염라대왕 : (벌떡 일어서면서) 이젠 판결을 내리겠도다! 저승사
         자 너희들은 홍부와 놀부 둘 중에 누가 잘못한 것
         같으냐?

저승사자 1 : 잠깐만 기다려주십시요. 의논 좀 해보겠습니다.

염라대왕 : 의논을 다 했느냐?

저승사자 2 : 네

염라대왕 : 누가 잘못한 것 같으냐?

저승사자들 : 놀부인 것 같습니다.

염라대왕 : 놀부, 너는 왜 거짓말을 했느냐? 거짓말을 안 했으면
         천국에 보내 줄 수도 있었는데.

저승사자들 : 놀부를 감방에 가둘까요?

염라대왕 : (고개를 끄덕이며)그래. 놀부 아내도.

놀   부 : (끌려가며) 안됩니다. 안됩니다.

염라대왕 : (홍부와 홍부아내에게) 너희들은 마음이 착하니 돈과
         기와집을 보내주고 이승에 다시 가게 해 줄 것이다.

홍부와 홍부아내 : 고맙습니다. 고맙습니다.

엄마, 쓸 게 없어요

그래서 흥부와 그 아내는 행복하게 살았고 흥부가 벼슬자리
에 오르면서 막이 내린다.

책을 읽고 나서 이렇게 연극 대본을 만들게 하고 이것으로 같이 연극
을 하면 아이들은 재미있게 책을 읽을 수 있다. 또 극본을 만들면서 각
등장인물의 감정을 이해할 수 있고 줄거리 요약도 자연스럽게 된다. 한
편 줄거리 요약이 잘 안되는 아이의 경우도 이와 같이 연극대본을 만들
어 같이 연극을 하고 나면 충분히 이해가 될 것이다.

'흥부전'을 읽고 저승에 간 흥부, 놀부

형곡서부 3 나은혜

흥부와 놀부는 죽어서 염라대왕에게 갔다. 염라대왕은 흥부는 천국, 놀부는 지옥으로 보냈다. 이렇게 둘은 헤어지게 되었다. 흥부는 착한 일을 많이 한 것이 염라대왕의 감동의 눈물을 흘리게 해 부잣집 양반으로 다시 태어났다. 하지만 놀부는 다시 태어나지도 못하고 지옥에서 일을 안하면 맞는 벌을 받고 있었다. 강남 갔던 제비가 지상으로 이 소식을 전했다. 흥부는 놀부를 불쌍하게 여겨 하느님께 기도했다.

"하느님! 1)**날개를** 달리게 해 주세요."

날개를 달게 된 흥부는 염라대왕에게 다시 부탁을 2)**한다**. 그 부탁은 놀부를 흥부의 막내아들로 태어나게 해 달라는 것이었다. 착한 일을 많이 할 기회를 다시 달라는 것이다. 3)**한 번 더 기회를 얻은 놀부는 아버지 흥부를 잘 모시고 잘 살았다.**

책을 읽고 그 내용에 대해서 독서감상문만 쓰는 것보다 앞의 보기 글처럼 연극대본을 만들어 보거나 책 내용을 자기 마음대로 바꾸어서 생각해 보는 것도 좋은 방법이다. 은혜는 흥부전을 읽고 상상력과 재치가 번쩍이는 멋진 글을 썼다. 그리고 놀부에게 기회를 한 번 더 준 은혜의 여유 있는 마음을 엿볼 수 있다.

1)을 '저에게 날개가'로 2)는 '했다'로 고치는 것이 좋겠다. 3)은 이렇게 설명형으로 쓰지 말고 놀부가 한 착한 일들을 써서 원래 흥부전에 나오

엄마, 쓸 게 없어요

는 놀부와 변화된 놀부의 모습을 비교해서 나타냈으면 좋았겠다. 또 다시 착한 일을 할 수 있는 기회를 얻은 놀부가 한 일이 궁금하다. 이런 부분을 자세히 썼더라면 하는 아쉬움이 있는 글이다.

형남 3 강경모

제 목 : '동전한닢'을 읽고

동 기 : 책을 처음 받았을 때 책이 빨리 보고 싶었고 이 책이 재
　　　　미 있을 것 같았다.

책소개 : 지은이는 김상삼 선생님이고 그림은 이미라 선생님이
　　　　그렸으며 출판사는 한국독서지도회이다.

줄거리 : 찬이가 공책을 다 써 어머니께서 공책을 사 주었다. 찬
　　　　이는 1)남은 돈으로 심심해서 동전굴리기를 하였다. 그
　　　　런데 동전이 하수구에 2)들어가 아빠가 오셔서 하수구
　　　　에 뚜껑을 3)빼내 동전을 건져냈다는 줄거리다.

4)읽고난 뒤의 생각 : 동전이 하수구에 들어갔는데 찬이는 100원
　　　　을 그냥 놔두면 될 것 같았는데 애써 찬이가 꺼집어 낼
　　　　려고 하는 것으로 보아 돈을 아끼는 아이였다는 생각이
　　　　들었다.

　　독서감상문을 이렇게 형식에 맞추어 쓰는 것은 사실은 좋은 방법이
아니다. 그러나 이해력이 부족하거나 줄거리 요약 능력이 떨어지는 아
이인 경우는 이렇게 짜임(틀)을 정해 주면 독서감상문 쓰기의 막막함을
덜어주는 하나의 방법이 될 수 있다. 즉 자신의 느낌을 자신 있게 느낀
대로 표현하는 용기를 갖도록 하고 머리 속에서는 여러 가지의 생각을
자신 있게 말하게 하는 것도 중요하다. 그리고 한 번 쓴 글은 계속해서
여러 번 읽어보면서 더 정확한 표현을 찾을 수 있도록 하여 글이 다듬

어지게 하여야 한다.

　1)은 '공책을 사고 남은 돈으로' 2)는 '들어갔다. 한참 후' 이렇게 짧은 문장으로 써야 하고 3)은 '열고'로 고쳐야 한다. 4)는 경모가 좀 엉뚱한 생각을 한 것 같다. 동전을 하수구에 빠뜨렸을 때의 찬이의 심정을 다시 한 번 생각해 보았으면 한다.

(독서감상문

가족의 행복

도산초교
4~3 최수진

이 책은 독서학원에서 토론을 하다가 읽게 되었다. 이야기는 재미있었지만 사투리와 옛말이 많아 이해하기가 어려웠다. 이해가 안 되는 말은 옥춘당, 보국, 꿀탕, 종주먹, 거스러미등 여러가지이고 사투리는 따뜻한 고향을 느끼게 해준다.

나는 이 책을 읽고 처음으로 부모님의 소중함을 알게 되었다.

책에서 송화는 어머니께서는 돌아가시고, 아버지께서는 돈을 벌려고 나가서 이때동안 할머니와 같이 살아서 가족과 따뜻한 행복을 느끼지 못하고 며칠이 자 외롭게 지냈다. 왜냐하면 할머니께서 무당이라서 송화는 매일 친구들에게 놀림을 받았다. 우리집에서는 서로 집안

① 조금　② 깊이　③ 빼는 것이 더 좋겠다.
④ 오랫동안 소식이 없었기 때문에　⑤ 딴 들이서
⑥ 그런데다가

일을 돕고 또 가족이 항상 웃고 살아
서 집안의 행복이 넘쳐 흐른다. 이렇게
가족은 행복해 서로 위할줄 아는 마
음이 깃들어져 사이좋게 지낼수로 있다.
송화가 애타게 기다리는 아버지께서
돌아졌다. 아파트로 이사간 송화는 다시
새학교를 다니고, 새엄마가 들어오셨다.
처음에는 새엄마와 싸웠는데 한달쯤 되
어서 새엄마와 친하게 지냈으면 좋겠다
그러면 송화네도 가족과의 행복과 사
랑을 나눌수 있을 것이다.
어서 내가 바라던 남북통일이 되어서
이산가족들이 한가정을 이룰수 있도록
부처님께 열심히 기도를 드릴 것이다

(갑자기 통일에 대한 이야기가 나와 문맥이 끊어져 버렸다. 글이 이어지는
상태를 '문맥'이라고 한다. 문장과 문장, 단락과 단락의 연결이나 순서가 제대로
이어져야 '문맥이 바로 통하는 글'이 될수 있다.

   수진이는 마지막 부분에서 갑자기 통일에 대한 이야기가 나와 문맥이 끊어지고
어색한 느낌을 주는 글이 되었다. 아마도 가족이 함께 살지 못한다는 것이 얼마나
슬픈 일인가 하는 생각이 이산가족문제로까지 이어지게 된것 같은데 책 속의
이야기와 연관되도록 자연스럽게 문장을 이어 갔더라면 좋았겠다.

⑧ 아빠와 함께
⑨ 미루어 짐작 해 보는 것이므로 '아마도 내 생각에는 새엄마로 모시게 되었을 것이다.
처음 한 동안은 새엄마와 좀 어색한 느낌이 있었겠지만 곧 친하게 지냈으면
좋겠다?'라는 식의 표현이 알맞겠다.

6. 동시 쓰기

시를 초등학교 교과서에서 다음과 같이 정리해 놓고 있다.

- 시는 행과 연으로 이루어지고, 글자의 수가 일정하게 반복될 때가 있다(3학년).
- 시에 쓰인 말은 보통 때 쓰는 말과 달리 많은 느낌과 생각을 담고 있다(4학년).
- 시는 느낌과 생각을 짧은 형식 속에 나타내며 표현에는 비유를 많이 쓴다(5학년).
- 시에 쓰인 말은 읽는 이의 마음속에 구체적인 장면을 상상하게 해준다(6학년).

(김종상, '동시교실'에서 인용)

이처럼 국어교과서에서 설명하고 있는 내용을 참고로 하여 동시 쓰기를 한다면 어쩌면 매우 형식적인 시가 될지도 모른다.

동시란 아이들이 쓴 시, 또 아이들이 읽는 시를 말한다. 짧은 글이면서도 감동이 있고 마치 그림을 그리는 것처럼 나타내어야 한다. 따라서 시를 이론적으로 알려고 하지 말고 작품으로 느껴서 알 수 있도록 해야 한다. 그래서 시를 잘 쓰려면 우리 몸에 지니고 있는 모든 감각을 다 동원해야 한다. 눈, 코, 귀, 입, 피부를 통해서 받은 모든 느낌과 생각이 다 필요하다. 머리 속의 꾀나 손재주로써

엄마, 쓸 게 없어요

글을 쓰려고 하지 말고, 별난 멋을 부리지 않고, 쉽고 정확하게, 누구나 읽어서 잘 알 수 있게 써야 한다. 그리고 다른 학생이 쓴 글을 많이 읽고 떠오르는 장면이나 느낌 등을 적어보는 것도 좋은 동시를 쓰기 위해서 중요한 일이다.

동시를 잘 쓰기 위해서는 사물을 살아있는 것처럼 표현해야 하고 다른 사물에 빗대어 표현하는 것이 좋다. 생활 속에서 경험한 일들을 자기의 마음에 딱 맞는 말, 일상에서 쓰이는 말, 빌어 온 말이나 유식한 말이 아닌 진정으로 마음에서 우러나온 말로 솔직하게 써야 한다. 그리고 지난 일들이라도 조금 전에 있었던 일처럼 써서 감동을 살려 내도록 하여야 한다. 그래서 동시를 잘 쓰려면 항상 작은 공책을 가지고 다니다가 무엇을 가만히 보고 마음 속에서 하고 싶은 말이 생기면 그것을 글로 써 두는 습관을 가지고 있어야 한다.

어린이들은 동시를 쓰라고 하면 가장 신나하며 금방 써 버린다. 그러나 이것은 동시는 무조건 짧게만 쓰고, 반복되는 말을 찾아 쓰면 되는 줄로 잘못 알고 있기 때문이다. 동시는 '발견'이라고 한다. 생활 속에서, 자연 속에서, 사물 속에서 관심을 가지고 살펴서 '재미'를 발견해야 한다. 그리고 그것을 시가 되도록 다듬으면 된다. 교과서에서 배운 몇 편의 시를 대충 흉내내어서 그 표현에만 신경을 써서는 안된다.

꽃 씨

최계락(선생님)

꽃씨 속에는
파아란 잎이 하늘거린다.

꽃씨 속에는
빠알가니 꽃도 피어 있고

꽃씨 속에는
노오란 나비 떼도 숨어 있다.

3학년 읽기 교과서에 실린 글이다. 동시지만 같은 리듬의 반복을 통해서 동요처럼 느껴지는 시다. 또 각 연에서 꽃씨의 여러 가지 모습을 보여 주고 있다. 이를 보고 텔레비젼과 동화책이란 제목으로 다음과 같이 썼다.

엄마, 쓸 게 없어요

텔레비젼

도산 3 최지영

텔레비젼은
요술쟁이

아빠가 틀면
뉴스가 나오고

엄마가 틀면
연속극이 나오지요.

오빠가 틀면
영화가 나오고

내가 틀면
재미있는 만화가 나오지요.

뭐든지 척척
텔레비젼은
우리들의 친구.

동화책

도산 3 최지영

동화책 속에는
불쌍한 인어공주가 있고
착한 하이디의 마음이 보인다.

동화책 속에는
소공자가 되어 불쌍한 사람도 도와 주고
장발장이 되어 도망도 다녀 본다.
동화책 속에는
흥부가 되어 복도 얻어 보고
놀부가 되어 혼도 나본다.

동화책을 들여다 보고 있으면
나는 그 책의 주인공이 된다.

　얼른 보면 리듬감도 있고 텔레비전이나 동화책의 여러 가지 특징을 잘 표현한 듯하다. 그러나 최계락 선생님의 '꽃씨'를 읽고 보면 비슷한 분위기가 난다. 이처럼 다른 사람의 글을 흉내내서 쓰면 안된다. 우리가 시를 쓰는 것은 생각의 폭을 넓히고 생활 속에서의 올바른 인간성을 갖자는 것이지 단순히 글짓는 기능을 배우자는 것이 아니다.

엄마, 쓸 게 없어요

그리고 머리 속으로 외운 것으로 고정관념에 얽매여서도 안된다. 이를테면 호랑이같은 선생님, 살랑살랑 부는 바람, 땀을 뻘뻘, 시냇물은 졸졸졸, 매미는 맴맴 등의 표현을 흔히 쓰는데 사람은 기계가 아니기 때문에 이와같이 표현하면 읽는 사람이 생생한 느낌을 받지 못한다.

동시 쓰기는 뚜렷한 모양을 보여 주는 말, 자기가 늘 입으로 하는 말로 재미있게 써야 된다. 그리고 3학년 교과서에 시는 행과 연으로 이루어져 있다고 했는데 반드시 이와같은 형식에 얽매일 필요는 없다. 시의 형식을 지나치게 강조하다 보면 아이들은 내용보다는 시처럼 흉내만 낼 뿐이다. 시의 형식은 어디까지나 쓰는 사람 자신의 자유이다.

다 쓴 후에는 반드시 여러 번 읽고 다듬기를 하여야 한다. 이때 필요없는 말, 줄여도 되는 말을 찾아 고쳐야 한다. 또 추상적인 말보다는 구체적인 말로 쓰여졌나를 살펴 보아야 한다. 특별한 경우가 아니면 '또한', '그리고', '--는', '--입니다' 등은 안 쓰는 것이 좋다. 동시는 설명이 아닌 감동을 나타내도록 해야 힌다.

동시도 다른 글쓰기와 마찬가지로 쓰기 전에 주어진 주제에 따라 연상찾기를 하는 것이 좋다. 오히려 다른 글보다 더 많이 해야 한다. 떠오르는 낱말, 본 것, 들은 것, 느낀 것 등을 찾아 쓴다.

그리고는 자신의 감정과 분위기를 중심으로 해서 긴 글로 먼저 쓰도록 한다. 어떤 사물이나 동물 그 무엇을 보았을 때(소리를 들었을 때) 그 순간 머리 속에 번개같이 떠오르는 말이나 재미있는 부분을 찾아 쓴다. 이렇게 긴 글로 써 놓은 다음 지금까지 배운 동시의 특징을 생각하면서 다시 쓰기를 한다. 또 자기가 쓴 글을 다

른 사람 앞에서 발표를 하고 다른 사람의 의견을 들어보고 고칠
점이 있으면 고치도록 한다.

내 가방

금오 3 심진화

내 가방은
학교 갈 땐
내 등에 업혀서 가구요.

공부 할 땐
가만히 앉아서
구경만 해요.

가방은 내 친구야,
걸어다니지는 못 해도
친한 내 친구

이 시는 2연까지만 쓰고 끝냈으면 더 좋겠다는 생각이 든다. 동시에
사용되는 말을 시어라고 하는데 동시를 쓸 때는 이 시어를 다양하게 골
라 쓸 수 있어야 한다.

엄마, 쓸 게 없어요

크레파스

형곡 3 이재범

크레파스는
요술쟁이

색연필과
친척관계이고

스케치북과
친구랍니다.

크레파스만
있으면

나는 나는
화가가 되지요.

이 동시에서 줄여도 되는 말을 찾아보자. 밑줄 친 부분은 쓰지 않아도 되는 것이다. 또 4연과 5연은 합해서 하나의 연으로 하는 것이 좋겠다. 그리고 1연에서 크레파스를 요술쟁이라고 해 놓고는 2연과 3연에서는 다른 내용을 적고 있다. 그래서 재미도 감동도 없어졌다. 우리가 문단을 쓸 때 한가지 내용으로 썼듯이 시도 그렇게 써야 한다. 위의 두 어린이가 쓴 동시는 그 내용에 깊이가 없고 눈에 보이는 특징만을 가지고 동시의 형식을 흉내낸 것 같아 감동이 없다.

아버지

형곡 3 이영철

아버지는 아버지는
집에 들어오실 때마다
고양이 소리를 내신다

아버지는 아버지는
고양이 소리를 내지만
나는 고양이가 아니라
아버지인지 알고있다.

퇴근해서 즐겁게 들어오시는 아버지의 모습이 떠 오르는 동시다. 진
솔한 경험을 바탕으로 쓰니까 이처럼 재미있는 동시가 된다.

학교는 싫어

송정 3 이우철

나는 어릴 때 학교가 좋았다.
왜냐하면 형같이 보일려고
공부 열심히 하고

지금은 3학년이 되었는데
학교를 때려 부시고 싶다.

시험도 치고 공부도 하고
조금 떠들었는데 맞고
학교는 제일 싫다.

　이 동시도 자기의 경험에서 우러나온 솔직한 느낌을 적었고 대부분의 어린이들이 공감하는 내용이다. 이처럼 어린이들이 쓰는 시는 뛰어난 기량보다는 경험을 토대로 해서 재미와 감동을 나타낼 수 있어야 한다.

  좋은 동시를 쓰기 위해서 많이 읽고 그 느낌을 정리하는 것도
쓰는 것 못지 않게 중요하다. 글쓴이는 어떤 소재를 가지고 시를
썼으며 또 보고 느끼고 생각한 것은 무엇인지를 알아 보는 것도
자기의 시적인 감각을 기르는데 도움이 된다. 다음은 '단춧구멍'이
란 시를 읽고 그 느낌을 쓴 것이다.

단춧구멍

권영상

단추가 떨어져 나간 뒤에야
처음으로 단춧구멍을 봤다.

매일
거울 앞에 서서
옷을 입으면서도

단추 뒤에 감추어 지는
단춧구멍을 본 적이 없는데

단추가 떨어져 나간 옷을 입고
돌아 올 때에야
처음으로 단춧구멍을 봤다.

늘 단추 뒤에 가리어만 살아
부끄럼을 잘 타는 단춧구멍
그 빈 단춧구멍 하나가
아무일 없이 다니던 이 길을
이토록 부끄럽게 할 줄이야.

'단춧구멍'을 읽고

도량 5 장종현

이 동시를 읽고 나도 비슷한 경험을 했다는 생각이 난다.

그날 아침밥을 먹고 학교로 갔다. 학교에 도착해서 자습을 하고 난 뒤 첫째시간 시작하기 전에 친구들과 참 재미있게 놀다가 단추가 떨어져 나간 것을 보았다. 그 때, 설마 어머니한테 혼나지는 않겠지, 도대체 어디에 떨어졌을까 하는 생각을 했다. 조금진 재민이와 장난칠 때 재민이가 내 옷을 잡아당긴 것이 생각났다. 그래서 빨리 그 자리에 가 보았지만 단추는 없었다.

'자습 다하고 책이나 볼 걸'

이렇게 후회가 되었다.

단추는 생명이 없고 작아도 소중하다. 지금 그 단추가 어디를 돌아다니고 있을까?

'단추야 어디 있니? 참 미안하구나.'

작은 단추를 찾지도 못하고 걱정만 한 하루였다.

'단춧구멍'을 읽고

도량 5 임희준

어느 날 저녁이었다. 작은 아파트에 살았던 나는 동과 동 사이를 지나다가 빗물이 고여 있는 것을 보았다. 물위에서 본 것은 전에 떨어져 나간 단추였다.

'이 단추를 오늘 꼭 달아야지.'

하고 말한 '오늘'은 계속 흘러갔다.

이 시를 읽은 후에 나의 잘못을 알게 되었다. 그것은 바로 계속해서 곧바로 해야할 일을 미룬 것이다. 이 시는 계속해서 해야할 일을 미룬 것에 대해서 생각하게 해 줘서 좋고, 우리에게 흔히 일어날 수 있는 일이어서 좋다. 집에 가서 단추를 달아야지. 창피한 단추구멍을 가려 주어야지.

동시를 읽고 그 느낌을 쓴 것인데 하나의 생활문 같다. 이처럼 우리 주변에 있는 모든 것은 글쓰기의 글감이 될 수 있다. 자세히 관찰하고 깊이 생각하는 사람에 한해서 말이다. 매일 단추가 달린 옷을 입으면서도 우리는 단추와 단추구멍에 관심을 가지지 않고 있었다. 그런데 시인은 그 단춧구멍으로도 이렇게 훌륭한 시를 쓸 수 있었다. 이런 시를 통해서 아무 생각 없이 지나친 작은 경험과 기억들을 아이들에게 되돌아볼 수 있는 기회를 만들어 줄 수도 있다.

7. 자유롭게 쓰기

자유롭게 쓰기는 아이들에게 백지 공포감을 없애 주기 위한 방법이다. 말 그대로 자기의 생각을 일정한 형식 없이 막 써 나가게 하는 연습이다. 우선 주어진 글감으로 5 -10분간 연상찾기를 하게 한다. 학년에 따라 1분에서 5분 정도의 시간을 주고 연상찾기 한 것을 바탕으로 쉬지 않고 계속 써내려 가도록 한다. 이때 주의할 것은 공책에서 연필을 떼면 안되고 또 한눈을 팔거나 떠들어도 안된다. 어떤 말이라도 계속 쓰도록 한다.

이때는 문단의 특성을 생각하지 말고 뭔가를 계속 쓰도록 해야 한다. 이 자체로 하나의 글이 되는 것은 아니고 이런 활동을 통해서 글쓰기에 자신감을 갖게 하고 여기서 글감을 찾아 다시 쓰면 된다.

글감 : 선생님
연상찾기 : 뚱뚱하다, 못 생겼다, 회초리, 책, 제비, 왕자병, 노래, 7반 선생님, 똥차, 기도, 컴퓨터, 선생님 질문 있어요

몇 개 안 되는 단어지만 용수 선생님의 모습을 대충 짐작 할 수 있다. 연상찾기는 이처럼 그 낱말을 통해서 자기가 나타내고자 하는 모습을 떠올릴 수 있어야 한다. 그런데 대체로 선생님의 겉모습만 나타내는 단어들이라 좀 아쉽다. 항상 연상찾기는 2차적인 느낌까지도 함께 나타낼 수 있도록 하는 것이 좋다. 이 중 한가지를 골라서 글쓰기를 하도록 하였다.

선생님의 왕자병

송정 6 최용수

우리선생님은 왕자병에 걸리셨다. 예를 들면 칠판에 글씨를 날려 쓰면서 원래는 잘 쓴다고 한다. 그리고 선생님이 잘 생겼다느니 어떻다느니 자꾸 그런다. 그래서 왕자병에 걸린 것 같다. 그리고 저번에는 대학원에서 수석했다면서 수석한 표를 가지고 와서 자랑하였다. 그러나 나는 수석했다는게 꼭 거짓말 같다.

그 이유는 그냥 쪽지가 접혀있는 것으로 말했기 때문이다. 또 저번에는 기타를 가지고 와서 노래를 부르며 자기가 지었다고 자랑을 하였다. 그래도 노래는 아주 좋다. 또 자기가 '선생님 질문있어요'라는 프로에 나온다면서 보지 않는 사람은 혼난다고 했다.

나는 왕자병에는 걸리지 않겠다.

어떤 틀에 얽매이지 않고 자신의 감정과 느낌을 자연스럽게 써 내려 갔다. 우리 어린이들에게는 선생님이 존경스럽지만 항상 그렇지는 않을 것이다. 이런 내용도 생활문 쓰기를 하였다면 어떤 이유에서든지 아이들은 이처럼 자연스럽게 그리고 솔직하게 쓰지 못했을 것이다. 아이들은 자신의 글속에서 하고 싶은 이야기를 써야 한다. 그렇다고 항상 다른 사람을 욕하거나 잘못을 파헤칠려고만 해서도 안된다.

기태형(금오 1 박철민)

내가 좋아하는 형은 기태형입니다. 왜 좋아하냐 하면 같이 놀자고 하니까 그래서 좋아하는 것입니다. 별명은 태극기고 학교는 금오초등학교에 다닙니다.

이 글은 동네의 형이 자기와 같이 놀아 주기 때문에 그 형을 좋아 한다고 하였다. 1학년다운 순진함이 있으며 짧지만 솔직하기 때문에 재미가 있다.

운동회가 좋다

형곡 3 이준엽

나는 달리기와 바구니 터뜨리기가 좋다. 왜냐하면 2학년 때 달리기에서 1등을 하여 공책 3권을 받아서 기분이 참 좋았기 때문이다.

그리고 바구니 터뜨리기는 우리가 청군이었는네 청군이 이겨서 좋았다. 우리는 시작하자 몇 분 있다가 바구니가 벌어졌지만 백군은 끝이 나도 못해서 선생님께서 흔들어서 겨우 바구니가 벌어졌다. 그 안에서는 색종이가 나오면서 커다랗게 '몸도 튼튼 마음도 튼튼'이라고 적혀 있었다. 우리는 우리 학교 아이들이 3000명이 된다. 그 중 청군이 반쯤이니 한 1500명이나 된다. 우리 청군은 모여 다 같이 '청군 만세'라고 외쳤다.

운동회 때 바구니 터뜨리기 하는 장면을 실감나게 묘사했다. 백군이 경기가 다 끝나도록 바구니를 터뜨리지 못하자 선생님들께서 흔들었다는 부분과 바구니가 터지고 나서 그 속에서 나온 색종이와 글씨 등을 자세하게 그렸다.

아빠의 손(금오 3 임한솔)

아빠의 손을 만지면 따뜻하고, 거칠거칠합니다. 그리고 상처가 많습니다. 유리를 하신다고 다치신 모양입니다. 그리고 손이 따뜻합니다. 저는 아빠의 손을 보면 아주 자랑스럽습니다.

'유리를 하신다고'는 '유리가공을 하신다고'로 고치면 뜻이 더 분명해진다. 아빠의 손에서 따뜻한 사랑을 느낄 수 있도록 조금만 더 자세히 쓰면 좋은 생활문이 될 수 있겠다. 이처럼 짧은 시간에 한가지 이야기를 집중해서 부담 없이 쓰게 하면 이렇게 좋은 글이 나온다. 아이들에게 글 쓰는 부담을 줄여 주어야 상상력과 창조력을 마음껏 동원하여 글을 쓸 수 있다.

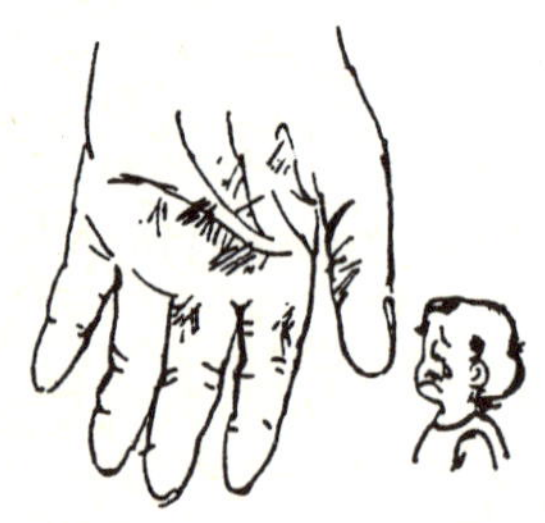

엄마, 쓸 게 없어요

생각 보따리

1. 일 기

1996년 6월 19일 맑음
전학 간 친구

송정 2 김현배

학교에 가니 한성이가 전학을 간다고 했다. 애들이 어디로 전학을 가냐고 물어보니 대구로 간다고 했다. 그래서 한성이가 작별 인사를 했다. **그래서** 애들은 대구에서도 공부를 잘하라고 했다. 나와 친구들은 슬펐다.

전학 가는 친구와 헤어지는 감정을 잘 표현했습니다. 표시된 '학교에 가니'는 '우리 반 친구'라고 하고, '그래서'는 빼는 것이 좋겠습니다. 이렇게 해서 다시 읽어보세요. 훨씬 자연스러운 글이 될 것입니다.

엄마, 쓸 게 없어요

1996년 6월 18일 맑음

메기와 잉어 두 마리

금오 3 이우정

아버지께서 할머니 댁에 가셨다. 숙제를 하고 있는데

"따르릉, 따르릉."

전화소리가 시끄럽게 울렸다. 받아보니 아버지께서

"비가 와서 논에 낙동강 물이 들어왔단다. 지금 메기 3마리, 잉어 3마리를 잡았단다."

이렇게 말씀하셨다. 너무 **놀랐다**⋯ '얼마나 클까? 어떻게 생겼을까?'

이런 생각을 하느라 숙제를 못했다. 기다리고 기다리니 아버지께서 들어오셨다. 메기 한 마리와 잉어 두 마리를 가져오셨다. 메기와 잉어를 보았다.

"우와!"

입을 다물 줄 몰랐다. 아버지께서 메기 몸 속에 있는 심장, 내상 등을 뺐나. 잉어도 심징, 내장 등을 뺐다. 저녁에 어머니께서 잉어는 냉장실에 넣으시고 메기로 매운탕을 해주셨다. 어머니 손은 요술손인가 보다. 맵긴 했지만 참 맛있었다.

대화글을 따옴표를 이용하여 생활문처럼 자세히 잘 썼습니다. 우정이의 느낌이 잘 담겨져 있는 일기입니다. 말줄임표 사용법을 좀더 공부하도록 하세요.

1996년 6월 18일 맑음
내가 울은 일

송정 2 김양하

학교에서 어머니들께서 오시고 수업을 하였다. 제일 처음에 '우물 안의 개구리'를 테이프로 듣고 줄거리를 말하는데 나는 앞에 나와서 떠듬거리며 줄거리를 말하였다. 그러다 생각이 나지 않아 자리에 앉았다. 엄마한테 혼날까 봐 자리에서 울어버렸다. 그리고 또 발표를 하고 앉는데 옆에 있는 친구가 의자를 치웠다. 그래서 앉을려고 하니 의자를 제자리에 놔두었다. 친구들이 웃어 창피해 울었다. 엄마는 야단을 치지 않으셨다. 다음부터는 이런 일이 없으면 좋겠다.

학교에서 있었던 수업을 아주 자세히 적었습니다. 표시된 부분을 '어머니들께서 학교에 오셔서 우리들이 공부하는 모습을 지켜 보았다'로 고쳐 보면 어떨까요?

엄마, 쓸 게 없어요

1996년 6월 27일 목

한우리 독서교실

형곡서부 2 임인영

한우리 독서교실에서 환경오염에 대한 것을 배웠다. 환경오염을 시키면 우리가 살 수가 없다는 것을 알았다.

그리고 느낀점이 있었다.

1. 쓰레기를 많이 버리지 않는다.

2. 비누를 많이 쓰지 말것

3. 샴푸를 많이 쓰지 않는다.

4. 쓰레기를 아무데나 함부로 버리지 않을 것

선생님 말씀을 듣고 나니 선생님 말씀이 옳다고 생각되었다. 환경오염을 시키지 맙시다. 참 즐겁고 보람있는 하루이다.

주장하는 글(논설문)형식의 일기입니다. 인영이가 느낀 점을 꼭 실천하도록 합시다. 그런데 제목은 그 글의 중심생각이 담겨져 있어야 합니다. 인영이는 힌우리 독서교실에서 환경오염에 대해 토론하면서 생각했던 것을 일기로 쓴 모양입니다. 그렇다면 제목을 '환경오염에 대한 독서토론'으로 고치면 어떨까요? 이처럼 자기가 생각한 것을 적어도 훌륭한 일기가 됩니다.

1996년 6월 27일 (목요일)

시 험

형곡 4 김정혜

휴! 오늘은 시험 보는 날이다.

아침 일찍 가방을 챙겨 학교에 갔다. 선생님께서 국어 시험지를 나누어 주셨다. 시험을 보다가 선생님이 계시지 않아 친구와 공기놀이를 하고 놀았다. 그때 선생님께서 들어오셨다.

"야들아, 공부 안하고 뭐하노."

나는 나보고 그러셨는지 알았는데 내짝에게 그런 것이었다. '휴' 나는 안도의 한숨을 내쉬었다. 국어 시험지를 내고 사회 시험지를 받았다. 사회시험지를 다풀었다. 그런데 선생님께서

"와, 잘했네."

하시며 등을 툭툭 쳤다. 나는 속으로 '잘했으면 잘했지 왜 때리고 그래요. 이 잘난 사람을' 하고 생각했다. 나는 칭찬해주시는 선생님이 고맙기도 하고 등을 때려서 밉기도 했다.

어딘지 모르게 어색한 일기입니다. 중간 중간에 꾸며서 쓴 듯한 느낌이 나지요. 시험치는 분위기와 마음 상태 등을 상세히 썼더라면…

엄마, 쓸 게 없어요

1993년 9월 23일 목요일 맑음
추 분

송죽 1 양선아

선생님께서 추분에 대해서 여러 가지를 설명해 주셨다. 추분은 밤과 낮의 길이가 똑같은 날이라고 하셨다. 여름에는 낮이 더 길고 밤이 짧고 겨울에는 낮이 더 짧고 밤이 더 길고 또 태양이 가만히 있고 지구가 도는데 태양과 우리 나라와 마주치면 낮이 되고 그 반대면 밤이 된다는 것까지 자세히 설명해 주셨다.

우리선생님은 무엇이든지 잘 아시는 척척박사처럼 보인다.

학교에서 공부한 내용 중에서 새롭게 안 사실을 일기장에 썼습니다. 일기는 특별한 일만 쓰는 것이 아니죠. 이처럼 공부한 내용을 다시 써 봄으로써 복습도 되고 좋을 것입니다.

1993년 10월 28일 목요일 맑음
심부름

송죽 1 양선아

내가 피아노 학원을 갔다오니 어머니께서 장난감을 치우라고 하셔서 치웠다.

장난감을 다 치운 후 어머니께 왜 그렇게 서두르시냐고 물어 보니 12시에 손님이 오신다고 말씀하셨다. 그래서 나는 어머니를 열심히 도왔다. 돕다가 어머니께서 요플레를 먹으라고 하셔서 **내가 이렇게 말했다.**

"엄마 나 더 치우고 먹을께요."

했는데 그냥 먹으라고 하셔서 먹었다.

내가 어머니를 도와 드리니 바쁜 일도 금방 할 수 있다는 것을 알게 되었다. 엄마 일을 다 돕고 학교에 갔다. 앞으로는 힘든 일이 있을 때는 서로서로 도우며 해야겠다고 마음먹었다.

어머니를 도와 준 일을 썼습니다. 그런데 무엇을 어떻게 도왔는지를 썼으면 좋았겠습니다. 마찬가지로 장난감이 어질러져 있는 방의 모습도 자세히 썼더라면 좋겠습니다. 밑줄 친 부분은 빼도 됩니다. 1학년 글이지만 자세하게 잘 썼습니다.

엄마, 쓸 게 없어요

1995년 12월 13일 날씨 : 오늘은 해님이 결석했지요.
줄넘기

구미 3 정현희

오늘 운동장에서 줄넘기 시합을 했다. 각 반 다 했지만 1, 2, 3, 4, 5, 6학년 이렇게 모여서 안하고 따로 했다.

난 5반이다. 계속 남자들이 줄넘기 검사를 하고 여자들이 했다. 내 차례이다. 난 100번조차 못하고 50번밖에 못했다.

선생님께서 선수를 뽑으셨다. 난 선수로 뽑히지 않았다. 선수로 뽑힌 친구들은 자랑을 하며 다녔다.

난 참 부러웠다. '나도 100번을 해 보았으면…' 하고 생각했다.

선수로 뽑힌 친구 중에서는 나랑 가장 친한 민정이가 있다. 민정이는 누구에게 말을 들었는지 내가 있는 곳으로 다가왔다. 민정이는 나를 위로해 주며 4학년때 이런 줄넘기시합 할 수도 있으니 "기운 내"하고 말해주었다. 난 민정이와 손을 잡고 들어왔다. 난 4힉년때 줄넘기 시합을 히면 꼭 선수로 뽑힐 것이다.

날씨 표현을 재미있게 했습니다. 앞으로는 날씨에 대한 자기의 느낌도 적어 보세요.

1996년 6월 18일 날씨 : 갬
외가댁

형곡 3 이형래

학교에 바로 갔다와서 아빠와 형탁이와 차를 타고 외가댁에 갔었다. 이모가 아기를 낳아 보러 가는 것이다. 도착하니 비닐하우스에 가셨는지 안 계셨다. 거기에 가면 너무 더울 것 같아 아빠는 맥주를 사고 우리는 아이스크림을 사 먹었다.

가니 할머니와 할아버지께서 참외를 모아 놓고 골라 박스에 넣으며 못 먹는 참외는 강에 던져 버렸다. 그 쪽에서 참외를 먹어보니 원두막에서 먹는 기분이었다.

심심해서 뭐 도울 일없나 생각하다가 못 쓰는 참외를 던지는 일을 하기로 했다. 그땐 늦어서 할머니께서 다 하시고, 형탁이와 난 한 10개씩밖에 던지지 못했다.

할머니가 우리 주려고 참외를 따러 가셨다. 할머니께서 들고 나오실 때 끙끙 대서서 내가 들고 나왔다. **그리고 고추, 깻잎, 상추, 배추도 가져와 다 같이 비닐봉지에 담았더니 초록색밖에 안 보였다.**

그리고 외가댁으로 와서 대문을 두드리니 이모가 나와 대문을 열어 주셨다. 이모와 이야기를 하다가 아기소리가 나서 아기를 보았다. **딸인데 꼭 아들 같았다.** 실컷 보고 집으로 왔다.

그런데 지금 생각해 보니 하나 잊어 버린 게 있다. 아기 이름이 뭐지.

엄마, 쓸 게 없어요

참외밭을 그림 그리듯 자세히 표현을 했습니다. 외가댁에 아기를 보러 갔다가 참외밭으로 먼저 간 모양이군요. 참외와 채소만 가득 가지고 온 내용을 자세히 잘 적었습니다. '딸인데 아들 같았다'에서 남자 아기처럼 보인 아기의 모습을 좀 더 자세히 풀어서 써 보면 어떨까요? 문장력도 뛰어나고 끝부분에 '아기 이름이 뭐지'라는 표현이 재미있습니다.

1995년 10월 13일 금 맑음

신평 3 이선아

학교에서 미술시간에 판화를 하였다. 나는 미술시간을 제일 좋아한다.

왜냐하면 그림 그리는 것과 만드는 것을 제일 좋아하기 때문이다. 선생님께서는 자기가 하고 싶은 것을 나타내라고 하셨다. 나는 '거리'라는 제목으로 조각을 하였다. 거리에는 차들이 오가고 인도에는 상점과 사람들이 많이 걸어다니는 풍경을 그렸다. 다 하고 나서 아름이에게 보여 주니 잘 그렸다며 다른 아이들에게도 보여 주었다. 나는 기분이 너무 좋았다.

미술시간에 자기가 그린 작품을 자세히 소개한 것이 돋보입니다.

엄마, 쓸 게 없어요

1995년 11월 13일 월 맑다가 흐림

내 짝 김진기

신평 3 이선아

진기는 우리 반 남자들 중에서 내가 제일 싫어하는 아이다. 하지만 일주일 전에 내짝이어서 함께 생활해 보니 그렇게 싫지도 않은 아이인 것 같았다. 진기는 새까만 얼굴 때문에 별명이 '아프리카 추장'이다. 진기와 나는 짝이된 뒤 싸우지 않은 날이 없었다.

토요일 공부가 시작될 때쯤이었다. 진기가 내 지우개를 가지고 가서 돌려주지 않는 것이었다. 나는

"빨리 돌려 줘!"

하며 작은 소리로 말했다. 그때 공부 시간을 알리는 종소리가 내 귀창을 뚫을 만큼 큰소리로 스피커에서 흘러 나왔다. 선생님께서는 먼저 국어 책을 펴라고 하셨다. 그리고는 한 번 읽고나서 필기를 하라고 하셨다. 나는 다시 진기에게

"야, 빨리 줘. 안 그러면 니 소리지를 거야."

하고 말하였더니 진기는

"흥, 소리질러 봐."

하며 그냥 웃기만 하였다. 나는 화가 나서 진기의 다리를 꼬집었다. 그러자 진기는

"으악"

하고 비명을 질렀다. 선생님께서는 진기에게 왜 소리를 질렀냐고 물어 보았다. 진기는 아무소리도 않고 머뭇거렸다. 나는 들통날까봐 무서워졌다. 선생님께서는 진기에게 공부를 마치고

쓰레기를 줍고 가라고 하셨다. 진기가 왜 사실대로 말하지 않았을까 나는 궁금했다. 그리고 진기에게 미안한 생각이 들었다. 공부를 마치고 나는 진기와 같이 쓰레기를 조금 주웠다. 그리고는 얼른 교실 밖으로 나갔다. 괜히 얼굴이 붉어졌다. 진기는 그냥 빙긋 웃은 채 계속 쓰레기를 주웠다. 나는 그런 진기가 내 짝이 된 것이 새삼 자랑스럽게 느껴졌다.

마치 생활문을 쓰는 것처럼 아주 상세하게 잘 썼습니다. 짝 진기와 다투는 모습이 눈에 선합니다. 일기도 이렇게 쓰면 재미있겠죠?

엄마, 쓸 게 없어요

2 생활문

어린이날(형곡 3 장현성)

엄마, 아빠, 형과 나는 금오랜드에 갔다. 아빠 차를 타고 오후 1시에 도착해서 표는 자유이용권을 샀다. 맨 첨에는 요술궁전에 갔고 그 다음 다람쥐 통을 탔다. 다람쥐 통은 어지럽고 무서웠다. 그리고 그 외에도 폭풍열차, 귀신 바이킹 등을 탔다.

형도 탔는데 형은 재미있다고 했다. 오후 6시 반쯤에 나와서 외식을 했다. 어린이날은 참으로 즐거운 날이다. 다음에 또 가고 싶었다.

잘 적었습니다. 그런데 금오랜드에서 놀았던 일을 설명식으로 쓴 것이 좀 아쉽군요. 즐거웠던 기억을 좀더 살려서 썼더라면 더 좋은 글이 되겠습니다.

산(형곡 2 권혜지)

지난 일요일날 가족과 함께 산에 갔다. 나는 다리도 아프고 목도 마르고 덥기도 했다. 나는 엄마한테 다시 내려가자고 했는데 엄마가 폭포까지만 가자고 했다. 나는 너무너무 지쳤다. 꼭 운동을 하는 것이랑 똑같았다. 나는 오늘 힘이 든 날이다.

혜지는 산을 오를 때의 기분을 아주 상세히 잘 썼습니다.

사생실기대회

형남 3 김동식

오늘은 동생이 전국사생실기대회 1차에서 통과해서 대구계명대학교에 그림을 그리러 간다. 차를 타고 갈 때 아침부터 더워서 에어콘을 틀고 가니 땀이 나지 않았다. 미술학원에서 5명이 뽑혔다. 동생의 선생님도 오셨다. 1500명이 그림을 그렸다. 우리 동생이 더 잘 그린 것 같았다. 유치부, 국저부, 국고부, 중등부, 고등부 부문에서 많이 상을 받을 것 같았다. 왜냐하면 잘 그렸기 때문이다.

아버지와 내가 대학교를 둘러보니 벽에 나뭇잎이 덮여져 있었다. 푸른 학교를 보니 마음이 상쾌했다. 어떤 곳에서 돈을 주지 않고 얼굴에 그림을 그려주니 사람들이 많이 와서 얼굴에 그림을 그렸다. 정말 자연스럽게 그린 그림이었다. 나는 얼굴에 고양이, 동생은 개나리를 그렸다. 어머니께서는 나한테 잘 어울린다고 말씀하셨다. 오늘 같은 날이 있기에 우리 가정은 참으로 행복한 가정인 것 같다. 오늘 하루도 즐겁고 신났다.

그때의 기분과 감정을 구체적으로 잘 적었습니다. 사생실기대회에 나간 동생이 상을 받았는지 궁금합니다. 그런데 처음 시작은 동생이 사생실기 대회에 나간 것을 써 놓고 끝에 가서는 대학교를 둘러본 이야기와 얼굴에 그림을 그렸던 이야기를 쓰는 바람에 글이 명확하지가 않습니다. 많은 이야기를 쓰려고 하지 말고 한가지를 자세하게 쓰도록 하세요.

엄마, 쓸 게 없어요

스승의 날

형남 3 강봉식

내 이름은 강봉식입니다.

오늘은 스승의 날입니다. 우리는 아침부터 싱글벙글 입니다. 우리는 선생님을 **위해 꾸민다고** 바빴습니다. 선생님께서 들어 오실 때 내가 풍선을 너무 크게 불어 그만 '펑'하고 터졌습니다. 아이들의 눈빛이 나한테 왔습니다.

오늘은 또 어머니 선생님이 가르쳐 주시는 날입니다. 그런데 공부시간에 많은 풍선이 터졌습니다. 풍선이 터질 때 마음이 두근두근 거렸습니다.

봉식이 선생님은 장난꾸러기 아이들 때문에 힘드실 때도 있지만 아주 재미있을 것 같습니다. 잘 적었습니다. 밑줄 친 '위해' 다음에 '교실을'이라는 말을 넣으면 뜻이 더 분명해 지겠지요.

한푼두푼 모은 저금

송정 2 조민규

내가 6살 때 일이다. 그때부터 나는 아침에 일찍 일어나 아빠 구두를 닦았다. 아빠가 착하다고 그러시면서 1000원을 주셨다. 나는 그 돈을 쓰지 않고 5살 때 엄마가 사 주신 저금통에 한푼 두푼 저금을 하였다. 저금통이 밥을 먹으니까 기분이 좋았다. 매일아침 아빠 구두를 닦았다.

그런데 하루는 늦게 일어나 허겁지겁 아빠구두를 닦았다. 그때, 아빠가 허허허 웃으셨기 때문에 구두를 닦기 싫었다. 그렇지만 저금이 하고싶어 다시 구두를 닦기로 했다. 계속해서 아빠구두를 닦으니 어느새 모은 돈이 70만원 정도 되었다.

'벌써 이렇게 모았나'

하는 생각이 들었다. 기분이 좋은 나는 그 돈으로 내가 좋아하는 로봇을 샀다. 그리고 어머니께서는 나의 책상을 사 주셨다. 책상을 볼 때마다 저금을 많이 해야겠다는 생각이 든다. 그리고 생일 초대를 받은 친구에게 생일 선물을 사주었다. 친구가 너무너무 좋아했다.

지금도 계속 저금을 하고 있다. 한푼두푼 더 열심히 모아서 다음엔 부모님 생신 선물을 사 드리고 싶다. 그러면 엄마, 아빠가 좋아하실 것이다. 왜냐하면 내가 용돈을 한푼두푼 모아서 산 것이기 때문이다. 처음엔 작은 돈이었지만, 조금씩 저금하다 보면 큰 돈이 된다. 지금의 이 습관을 계속해서 지켜나가고 싶다.

자신의 노력으로 용돈을 벌어 저금하는 습관은 좋은 것이랍니다. 민규가 이 좋은 습관을 꼭 지켜나가길 선생님도 바라겠습니다.

큰일이다

송정 3 이동하

　유치원에 다닐 때 일이다. 어머니께 친구 집에 놀러가도 좋다는 허락을 받고, 신나게 친구 집에 가다가 밖에서 좀 놀고 싶었다. 나무에 올라가서 장난을 치다가 그만 발이 나뭇가지 사이에 끼어서 꼼짝을 않는 것이다. 1)큰일을 **저질렀다.** 아무리 발버둥을 쳐도 안 빠지니깐

　'큰일 났구나!'

　이렇게 생각했다. 한 30분이 지나자 어떤 모르는 아줌마가 나의 발을 꺼내주면서

　"조심해야지" 하셨다.

　나는 아줌마의 말을 듣고 마음 속으로 반성했다. 다음부터는 나무에 올라가지도 않겠고, 장난도 안 치고, 허락을 받으면 친구 집에 2)**놀러가서 놀다온다고 반성했다.** 반성을 계속하고 보니 발이 꺼내져 있었다. 그래서 아줌마에게

　"고맙습니다."

　라고 말했다. 아줌마는 갔다. 다음부터는 조심하겠다.

　나뭇가지에 30분 동안이나 발이 끼어서 고생을 했는데 그 순간의 일이 너무 간단하게 나타나 있습니다. 그 때의 상황을 좀 더 자세히 기록하면 좋은 생활문이 되겠군요. 1)은 '큰일이었다'로 2)는 '바로 가서 놀다와야겠다고 생각했다'로 고쳐야 합니다. 유치원 꼬마에게 이 세상은 아주 큰 호기심 덩어리입니다. 나무에 올라갔다가 엉뚱하게 발이 끼어 고통스러우면서도 그 순간에 여러 가지 생각을 한 동하의 글에서 아이다운 순진함을 읽을 수 있습니다.

목욕탕의 모습

형곡 3 황윤식

어제 동생과 내가 아버지께 말씀 드렸다.

"아버지 오늘은 형곡목욕탕에 가지 말고 저 위에 있는 삼풍목욕탕에 가요."

"가까운데 놔두고 왜 멀리 가려고 하니?"

"아빠! 그 곳은 탕의 길이가 길어서 물 속에서 우리들이 놀기가 좋아요."

"그럼 우리 아들들이 가자고 하니 한 번 가볼까?"

우리는 콧노래를 부르며 목욕탕으로 향했다.

삼풍목욕탕에 가보니 물을 아끼려고 샤워기 손잡이 위에 버튼을 만들어 그 버튼을 눌러야만 물이 나왔다. 요즘 가뭄이 심해서 산촌이나 상수도 시설이 안된 곳은 마실 물도 없다는데…. 이 샤워기를 만든 사람이 참 존경스러워진다.

솔직히 이 목욕탕에 오자고 한 이유는 긴 탕 속에서 수영을 하려고 했던 것이다. 마실 물도 없어서 고생하시는 분도 많이 계시는데 나는 물로 장난을 치려고 했으니…. 지금 이 순간부터라도 물을 절약하는데 노력해야겠다.

목욕을 하는데 어떤 아저씨는 샤워기가 불편한 지 수도꼭지를 틀고 대야에 물이 철철 넘치게 해 놓고 때를 미시는 걸 보니 참 한심스러웠다.

옆에 계시던 아버지께서 보시다 못해

"아저씨, 물이 넘치네요?"

그러니 그 아저씨는 겸연쩍은지 그제야 물을 잠그셨다. 목욕을 다 하고 집에 와서 우리 엄마는 물을 어떻게 절약하고 계신지 여쭈어 보았다. 변기 통에 큰돌을 두 개 넣어 두었고 빨래를 마지막 헹군 물로 걸레를 빠신다고 한다. 그리고 요즘 우리 가족은 소변은 단체로 보고 물을 내리고 있다. 동네 친구들과 형들 그리고 학교 친구들에게 물을 절약하려면 어떻게 해야되는지 가르쳐 주겠다.

뉴스를 보니 올 여름은 비가 많이 올 것이라고 해서 다행이다. 그런데 너무 많이 와서 홍수가 지면 안 되니까 적당히 왔으면 좋겠다. (1995)

내용전개가 매끄럽습니다. 그런데 글의 제목이 내용과 맞지 않습니다. 제목은 '목욕탕의 모습'인데 목욕탕 모습은 분명히 나타나 있지 않고, 글이 전체적으로 '물 절약'이라는 주제로 흐르고 있습니다. 제목을 '목욕탕과 물 절약'이나 '물을 절약하자'로 바꾸는 것이 좋겠습니다.

엄마, 쓸 게 없어요

재수 없는 날

형곡 4 최기하

그 날은 진짜로 재수 없는 날이었다. 아침부터 뭐가 좋지 않은 일이 생길 것만 같았다. 그것은 사실이었다. 잠에서 깨어보니 시간은 끔찍하게도 8시 30분이었다. 대충 세수하고 밥도 안 먹고 학교로 뛰었다.

도착해 보니 8시 40분. 기절할 것 같았다. 자습종료시간은 45분이기 때문이다. 아침부터 기분이 안 좋은데 자습도 못하고 두들겨 맞아 복도에서 꿇어앉았으니 누군들 기분이 좋겠느냔 말이다. 자습을 끝내고 수업시간. 자를 꺼내려고 의자 뒤에 걸어 둔 가방 쪽을 향해 뒤로 돌렸다.

"으..."

선생님의 오해 때문에 나는 망신을 당했다. 선생님이 내 뒤의 친구와 얘기를 하는 줄 아셨기 때문이다.

"최기하는 엉덩이가 맨날 45도 기울어졌지. 아예 의자를 돌려놓지!"

"와 하하하하"

아이들은 모두 웃었고 나는 고개를 푹 숙이고 앉아 있어야 했다.

드디어 집에 돌아가는 시간!

"야호!"

기쁨의 함성을 지르며 나는 집으로 뛰어갔다. 하지만 학교에서만 시련이 있었던 것은 아니었다. 내가 그만 열쇠를 분실해 버렸던 것이다. 결국 나는 포청천에 나오는 '왕장군의 호패 분실 죄'가 아닌 '최기하의 열쇠 분실 죄'로 꾸중을 듣게 되었다.

"아이구, 짜증나!"

이 말 한 마디에 또 한 번 비슷한 난리를 치렀다. 어이구, 이 재수, 재수가 뭔지. 만약에 재수의 형태가 있다면 팍팍 때려 부 쉬 버리고 싶다. 어이구, 재수야!(1994)

기하의 글은 아주 재미있습니다. 계획적인 생활로 다시는 이런 불상 사가 없도록 하세요.

새끼 강아지

형곡서부 3 최재건

지난주 토요일이었다.

우리 가족은 고모집 식구와 함께 할아버지 댁에 갔다. 벌써 과수원의 나무들은 잎이 다 떨어졌다. '윙윙' 바람도 불었다. 할아버지 할머니께 인사를 드렸다. 그런데 웬일인지 흰둥이가 짓지 않았다. 우리 식구를 알아본다고 생각했다. 갑자기 나는 깜짝 놀랐다. 흰둥이 품속에 새끼강아지 4마리가 있었다. 금방 만져 보고 싶었다. 그렇지만 나오지 않았다. 나는 노래를 크게 불렀다. 노래를 부르면 나올 것 같아서였다. 아무리 불러도 나오지 않았다. 그런데 할아버지께서

"그렇게 하면 안 나온단다."

하며

"오요오요오요"

하시니까 강아지들이 뽈뽈 기어 나왔다.

"아이, 귀여위라."

나는 그 중에서 갈색 강아지 한 마리를 일른 잡았나. 털이 아주 부드러웠다. 눈은 반짝거렸고 코는 납작했다. 흰둥이가 자꾸만 나를 쳐다보았다. 가까이 가려니까 무섭게 노려보았다. 아마도 자기 새끼를 해칠까봐 걱정이 되어서 그러는 것 같았다. 그래서 나는 그만 놓아주었다. 자꾸만 안고 싶었지만 집으로 돌아와야 했다. 돌아오는 길에 계속 강아지가 생각이 났다.

강아지를 불러내는 할아버지의 흉내를 잘 냈으며, 새끼를 걱정하는 흰둥이의 심정도 잘 표현했습니다. 대화글, 의성어, 의태어를 잘 활용하였습니다. 그런데 본 것만 중점적으로 썼기 때문에 전체 글의 내용에 굴곡이 없습니다. 강아지를 보면서 재건이가 태어날 때의 모습이나 부모님의 사랑을 덧붙여 보면 어떨까요?

엄마, 쓸 게 없어요

동해바다

지산 3 김태은

“태은아, 가방 빨리 챙겨라.”

하는 말에 깨어나 보니 엄마는 김밥을 싸시고 아빠는 텐트와 버너 등을 트렁크에 싣고, 오빠와 언니는 옷을 입고 있었다.

난 문득 이상한 생각이 들어서 엄마에게 어디에 가느냐고 물어보니 엄마는

“응, 오늘은 아빠가 휴가라서 동해바다에 가.”

하고 말하는 순간에 나는 기분이 좋아서 펄쩍펄쩍 뛰었다.

그래서 나는 빨리 옷을 입었다. 옷을 입고 나서 오빠, 언니, 나, 아빠, 엄마 이렇게 문을 잠그고 차에 탔다.

그런데 잠이 왔다. 한참 자고 있는데 엄마가 깨우셔서 눈을 떠보니 바다가 보였다. 그래서 문을 열고 뛰어서 바다가 있는 쪽으로 갔다. 아빠는 벌써 오셔서 텐트를 펴놓았다. 나는 수영복을 입고 빨리 바다로 뛰어 들어가고 싶었다.

드디어 수영복을 입고 튜브를 가지고 바다에 들어갔다. 그런데 밀려오는 파도 때문에 나는 파도 속으로 밀려들어 바다 속으로 빠지게 되었다.

그래서 나는

“살려주세요. 살려주세요.”

하고 소리를 질렀다. 바다는 파도 소리와 사람들의 소리 때문에 나의 소리는 들리지 않는 모양이었다.

그래서 큰 소리로 또

“살려주세요. 살려주세요.”

하고 소리 질렀다. 아빠가 나를 본 것이다. 아빠가 바닷속으로 뛰어 들어와 내 손목을 잡고 모래밭으로 데리고 갔다. 그리고 나를 일으켜 텐트 안으로 들어가 아빠가 이렇게 말했다.

"다음부터는 어른들하고 같이 가야지 바다 속에 빠지지 않는 거야. 알았지."

하고 말하는 순간에 나는 이제는 어디 가든지 어른들하고 같이 가야겠다고 마음 속으로 굳게 다짐했다.

큰일날 뻔 했군요. 다음부터는 이런 일이 없도록 조심하세요. 적절하게 대화 글을 사용했습니다.

엄마, 쓸 게 없어요

낙 엽

신평 1 오정아

　나는 낙엽입니다. 나는 낙엽입니다. 나는 어느 나무 한 그루가 서 있는 곳에 삽니다. 바로 나무입니다. 그런데, 어느 날 날씨가 추워지더니 나를 떨어지게 만들었습니다. 나는 그만 나무 앞에 있는 연못으로 빠졌습니다. 그때는 숨이 막혔습니다. 겨우 개구리가 나를 위로 올려 주었는데, 그 곳은 내가 살던 곳이 아니었습니다. 나는 할 수 없이 여행을 했습니다. 가시에 찔려 피투성이가 되었습니다. 그러나 마침내 고향인 나무로 돌아왔습니다. 나는 말했습니다.

　"아, 내 고향이다!"

　이 글은 내가 낙엽의 입장이 되어서 쓴 글입니다. 한편의 동화 같기도 하고 아름다운 시같기도 합니다. 낙엽이 이리저리 떠도는 모습을 조금만 더 상세히 쓰면서 정아의 마음을 표현했더라면 하는 아쉬움이 있습니다.

즐거운 월요일

도량 5 임희준

오늘은 즐거운 월요일이다. 체육시간이 있는 오늘은 아이들이 5교시를 기다린다. 점심을 먹고 운동장에서 놀다 곧장 체육을 할 수 있어 아이들의 마음은 더 들떠 있다. 종이 치자 아이들은 얼굴에 웃음을 띄면서 운동장에 모인다. 뚱뚱한 아이들은 웃음이 없다. 허들을 하는데 3번 통과 못하면 **경사 난다**. 준비이 땅!

키가 작은 나는 처음에 달린다. 첫 번째 성공! 두 번째 성공! 세 번째도 통과다 통과했다. 나는 이런 체육시간을 가장 좋아하고 또 체육시간이 있는 월요일이 좋다.

월요일의 여러 가지 특징 중에 체육시간이라는 소재를 선택하여 자연스럽게 잘 썼습니다. 또 체육시간을 맞이하는 아이들의 표정도 잘 표현했습니다. 아이들의 표정을 직접 보는 것 같이 생생하게 잘 나타냈습니다.

'경사 난다'는 말은 여러분끼리만 쓰는 은어인 듯 한데 글쓰기할 때 이런 말은 쓰지 않는 것이 좋습니다.

죽었니? 살았니?

형남 6 정다운

"누구 것이 더 잘 자라는지 보는 거야."

공부할 때나 놀 때나 언제나 단짝인 지민이가 말했다. 뿌리 부분에만 동그랗게 흙이 붙은 분꽃 모정을 한 포기씩 사면서 나와 지민이는 손가락을 걸고 약속했다. 그렇게 지민이와 함께 모종을 고르고, 화분도 똑같은 것으로 샀다. 그리고 아파트 옆 빈터에 가서 화분에 흙도 담아 가지고 왔다. 모종을 화분에 옮겨 심은지 닷새가 지나갔다.

"아무래도 네 분꽃 모종이 죽을 것 같다."

분꽃 화분을 보고 엄마가 말씀하셨다. 나는 죽지 않을 거라고 자신만만하게 대꾸했다.

'분꽃아, 제발 잘 자라 줘, 지민이 코가 납작해지게…'

나는 분꽃에게 가만가만 속삭였다. 그런데 그 분꽃이 축 쳐져 시들어 가는 것이었다. 물을 너무 많이도 적게도 주지 않고 꼭 알맞게 주었는데도 그랬다.

얼마 후 내 분꽃은 한눈에 보아도 죽어 가는 것이 분명했다. 줄기가 검은빛을 띠며 시들어서 축 쳐졌고, 석장의 잎은 마르고 쪼그라들었다.

'아유, 속상해! 지민이 것은 잘 자라고 있을 텐데…'

"다운아, 네 분꽃은 어떠니?"

지민이가 전화를 걸어왔다. 지민이의 목소리도 밝지 않았다. 지민이네 아빠께서 흙이 나빠서 그런 것 같다고 하셨다.

화분에 담긴 흙? 정말 흙 때문인지도 모른다.

"화분의 흙을 바꿔보지 않을래, 지민아?"

지민이는 비닐 봉지를 들고 우리 집에 왔다. 나와 지민이는 모종삽을 들고 아파트 옆 빈터를 세바퀴나 돌았다.

"이번에는 이 곳을 파 보자."

우리는 쪼그리고 앉아서 땅을 팠다.

"이게 뭐니?"

"윽, 냄새! 쓰레기야, 쓰레기."

우리들은 땅 속의 쓰레기가 땅거죽을 들치고 일어나 뒤따라 오지 않을까 걱정하는 것처럼 뒤도 돌아보지 않고 달아났다. 우리는 아파트 옆 빈터 말고도 몇 곳을 더 돌아보았지만 허탕을 쳤다.

"그만 집으로 돌아가자."

그 날, 화분에 새흙을 바꿔 담는 일은 실패했다.

내 이야기를 듣고 나신 엄마께서는 이 근처 흙으로는 안된다고 하시며 일요일에 산에 가 보자고 하셨다. 엄마와 나, 지민이는 일요일에 함께 산에 갔다.

"이 흙이 바로 흙다운 흙이란다. 보렴, 이렇게 포실포실 거름기를 담은 흙이 생물의 뿌리를 따뜻하고 튼튼하게 감싼단다."

흙은 엄마 말씀대로 따뜻하고 보드라웠다. 엄마께서는 어느 곳의 흙이든지 처음에는 다 같았는데 사람들이 못쓰게 만들었다고 하셨다.

"다시 되살릴 방법이 있나요?"

지민이와 나는 합창하듯 여쭈어 보았다.

엄마, 쓸 게 없어요

"물론이지. 흙을 예전의 깨끗한 흙으로 돌아오게 우리가 함
께 애쓰면 된단다."

나와 지민이는 비닐 봉지에 흙을 담았다.

'죽었니?살았니?'

베란다에 놓인 분꽃을 내다보기 전에 속으로 묻던 말. 이제
부터는 그 말을 묻지 않아도 되었다.

"네 분꽃 잎사귀 몇 장 나왔니?"

"작은 잎까지 일곱장."

머지않아 내 분꽃은 예쁜 분홍 꽃을 요술쟁이처럼 마구마구
피우게 될 것이다.

환경문제를 다룬 생활문인데 대화 글을 이용하여 감정표현을 잘했습
니다. 글속에 환경을 보호해야겠다고 다짐하는 글을 쓰지 않고도 환경
보호의 중요성을 잘 표현했습니다. 다운이의 안타까운 분꽃 살리기는
많은 생각을 하게 해 줍니다. 환경이 오염되었다는 사실이 우리 눈앞에
나타났습니다. 죽어 가는 흙, 썩어 가는 쓰레기들, 숨막히는 냄새… 이
런 안타까운 현실을 바로 나의 일로 받아들이게 해 주는 글입니다.

청소시간

형남 6 정다운

청소시간이었다.

남자들은 청소도구를 가지고 장난만 했다.

"자, 간다아! 스트라이크!"

"아니야, 볼이다."

걸레를 던지고, 빗자루로 치고, 교실이 대목날 시장 바닥 같았다.

"청소나 해. 여기가 뭐 야구장이냐?"

"청소는 너희들이 해. 우린 몸 좀 풀어야겠다."

남자들에게는 말해 봤자 소귀에 경 읽기였다. 말이 통하지 않았다. 나는 화가나 소리를 빽 질렀다.

"야! 자꾸 그럴래? 꼭 망나니들 같이."

"그래, 우린 망나니다. 망나니 칼춤 좀 보여 줄까?"

성철이가 먼지떨이로 내 목을 베는 시늉을 했다. 그런데 옆에서 개구쟁이 인석이가 뱀처럼 혓바닥을 날름거리며 또 나를 놀렸다.

"이 즐거운 시간에 너만 왜 벌레 씹은 인상이니? 그렇게 찡그리면 빨리 늙어용…"

나는 더 이상 참을 수가 없었다.

"뭐야, 너는 똥 먹은 곰상이다."

하며 칠판지우개를 집어 던졌다. 인석이는 야구공을 치듯이 빗자루로 지우개를 쳤다. 뽀얀 분필가루가 안개 모양으로 흩어졌다. 동호가 토끼 눈을 해 가지고 쳐다보더니

엄마, 쓸 게 없어요

“독가스다. 난 독가스를 마셔서 죽어요.”

하며 집어던진 개구리처럼 교실 바닥에 넘어져 죽는시늉을 했다.

“야, 적이 독가스탄을 터뜨렸다. 빨리 도망가자.”

남자아이들은 모두 운동장으로 뛰어나갔다. 울고 싶은 아이를 때린 격이었다.

“나도 이러다가 진짜 죽겠다.”

동호도 벌떡 일어나더니 뒤따라 나갔다. 핑계가 좋아서 야구하러 간 것이다. 우리 여자들만 남아서 청소를 했다. 오히려 우리끼리 하는 게 좋았다. 한참 열심히 청소를 하는데 어디서 노랫소리가 들렸다.

“털털 털어라. 쓱쓱 쓸어라. 달달 닦아라. 빨리빨리 하여라. 랄랄라. 랄랄라. 랄랄랄라. 나는 나는 자라서 청소부가 될테야.”

돌아보니 상구가 복도 창문으로 들여다보며 이렇게 노래를 부르고 있었다. 우리는 그만 까르르 웃고 말았다.

읽으면서 긴박한 장면이 떠올라 저절로 웃음이 나는 상쾌한 글입니다. 장난이 심한 개구쟁이 남학생들의 모습을 그림으로 보듯이 실감나게 표현했습니다. 싸울듯하면서도 악의 없는 남학생들의 모습에 모두 함께 웃을 줄 아는 우리들의 모습이 참으로 아름답게 느껴집니다. 대화 글과 여러 가지 비유가 이 글을 훨씬 돋보이게 하였습니다.

할머니

형곡 2 정기영

우리할머니는 할아버지가 잔치 집에 가시려고 할 때
"양복 잘 입으세요. 넥타이는 괜찮아요? 양말은 구멍 안 뚫
렸나요?"
오만 참견을 하면서 시간 늦어 할아버지는
"나 빨리 가야 돼."
하시며 서둘러 나가도 버스를 겨우 타신다.
우리 할머니는 물어보는 게 참 많다.

짧은 글이지만 할머니의 특징을 잘 표현했습니다. 이 글을 읽으면 할머니와 할아버지께서 다정하게 지내시는 모습이 눈에 선 합니다. 이런 글은 할머니를 잘 관찰했기 때문에 쓸 수 있었을 것입니다. 밑줄 친 부분은 '오만 참견을 한다. 그러면 할아버지께서는'으로 하면 좋겠습니다.

엄마, 쓸 게 없어요

황강에 다녀와서

형남 3 고병찬

지난여름에는 아버지의 휴가로 대전엑스포에 가기로 했어요. 그러나 고모부의 생신 때문에 전화를 하였습니다.

"따르르르르릉."

"여보세요."

고모의 목소리가 들렸습니다.

"병찬아, 황강에 갈 수 있는지, 아빠한테 물어보거라."

그래서 저는 아버지께 물어봤습니다.

"고모, 아버지께서 황강에 가시겠대요."

"그럼, 우리 가족도 가자꾸나."

그래서 우리 가족은 1시간만에 고모 집에 도착을 해서 황강으로 출발했습니다. 30분만에 황강에 도착해서 텐트를 치고 물속에서 재미있게 놀았습니다. 조개도 잡고 송사리, 피라미도 잡아먹으니 참 맛있었습니다.

황강에서 놀았을 때의 일은 기억 속에 꼭 남아 있습니다.

황강에 다녀오는 길에 황강의 풍경이 생각났습니다. 그래서 황강에 또 가고 싶습니다.

이 글에서 중점적으로 다루어져야 할 것은 황강에서 재미있게 놀았던 일입니다. 그런데 단 몇 줄로만 압축되어 있습니다. 재미있게 놀았던 기억을 되살려 자세하게 쓰도록 합시다. 시작하는 부분과 끝부분은 잘 된 듯하나 고모와 전화통화 내용도 좀 더 보충이 되었으면 합니다. 줄 친 부분은 '돌아오는 길에'라고 하는 것이 더 낫겠죠.

고양이

금오 2 이상훈

할머니 댁에는 고양이 '예삐'가 있다. 그런데 고양이가 작은 생쥐를 보고는 야-옹 하면서 잡아먹는다. 추석에 가서 고양이에게 물린 적이 있었다. 예삐를 쓰다듬어 준 뒤 잠시 딴 곳을 보다가 물렸다. 무척 아팠고 지금까지도 그 자국이 남아있다. 연휴 마지막 날 고양이는 생쥐를 잡아먹었다. 고양이가 더 사나워진 것 같다.

첫 문장에서 고양이의 이름을 '예삐'라고 밝혀 놓았기 때문에 계속해서 '고양이'라고 하지 말고 '예삐'라고 했으면 더 좋았을 것 같습니다. '예삐'에 대한 상훈이의 생각과 느낌을 경험과 연결해서 잘 썼습니다.

엄마, 쓸 게 없어요

담배와 6학년 4반

광평 6 이지선

5학년 때 담임선생님께서 94년에 우리학교로 전근 오셔서 6학년 5반을 담임하셨다. 내가 5학년일 때 담임선생님께서는 전근 오셔 6학년을 담임 하실 때의 이야기를 많이 해 주셨다.

그 이야기 중 담배 사건이 있었다.

94년 때 6학년 5반의 어느 남학생이 나쁜 아이들에 휩쓸려 담배를 피우게 되었다. 선생님이 담배를 피우지 말라고 해도 그 학생은 담배를 끊지 못했다. 그래서 담배를 피우고 싶을 땐 1층 화장실에서 숨어서 담배를 피웠다. 3층에서 담배를 피우면 선생님께 걸려 혼이 날까 두려웠기 때문이다.

그 학생이 아무런 근심 없이 화장실에서 담배를 피우고 있을 때 교장선생님께서 1층 화장실에 들어와 있는데 화장실 안에서 연기가 나고 있었다. 그래서 그 속을 들여다 보니 학생이 담배를 피우고 있었다. 그 학생은 교장선생님께 혼이 나고 교장선생님께서

"몇 학년 몇 반이니."

하고 물었다. 그때 그 학생은

"6학년 4반입니다."

라고 대답한 것이다. 그 학생은 원래 6학년 5반이였는데 4반이라고 해서 4반 선생님이 교장선생님께 많이 혼났다고 한다.

나는 이야기를 듣고 그 학생이 잘못했지만 담임선생님을 위하는 마음이 아름답다고 생각했다.

밑줄 친 부분은 말의 순서가 뒤죽박죽이어서 그 뜻이 분명하지 않습니다. '5학년 때 우리 반 담임선생님께서는 94년에 우리 학교로 전근을 오셨다. 그리고 처음으로 6학년 5반을 맡으셨는데 선생님께서는 그 때의 이야기를 많이 해 주셨다.' 이렇게 고쳐서 읽어보세요. 전달하려는 내용이 한결 선명하죠.

지선이는 담배를 피운 학생이 선생님을 위해서 교장선생님께 거짓말을 했으니 아름다운 것이라고 생각했는데, 담임선생님께서 그 이야기를 해주신 속뜻이 무엇일까 다시 한 번 생각해 보세요.

엄마, 쓸 게 없어요

아침 교실문 열기

형남 3 김민석

아침에 교실 문을 내가 연다.

그래서 난 교실에 들어가는 아이들보다 더 빨리 학교에 가야 한다.

한번은 내가 아침에 아파서 학교에 늦게 갔는데 아이들이 많이 기다리고 있었다.

아이들은 나에게 이렇게 말을 하였다.

"왜, 이렇게 늦었어?"

난 이렇게 대답하였다.

"아파서 늦었어."

난 아이들에게 미안한 생각이 들었다. 난 지금도 일찍 일어나려고 해도 3-5등을 한다. 나보다 일찍 오는 사람은 왜 이렇게 늦게 오냐고 화를 낸다. 난 아무 말 안 한다.

그렇지만 난 아이들에게 자랑할 것이 있다. 많은 아이들이 공부하는 교실 문을 내가 여는 것이다. 그리고 내가 살펴보는 것이 있다. 그것은 학교 열쇠이다. 한 번은 학교 열쇠를 학교에 놔두고 와서 선생님께서 문을 여셨다. 난 그때 아이들에게 부끄러웠다. 난 이런 일이 다시는 생기지 않기 위해서 아침에 열쇠가 가방에 들었는지 안 들었는지 검사를 한다. 난 교실 문을 여는 것도 큰일이라고 생각한다.

아침에 교실 문을 민석이가 연다는 자랑과 그것으로 인한 걱정과 불안한 마음 등이 잘 나타나 있습니다. 밑줄 그은 부분은 대화 글을 사용했기 때문에 빼내어도 됩니다.

<h1 style="text-align:center">써 버린 샤프 값</h1>

형남 5 전지민

“어머니, 샤프 사게 천원만 주세요.”

“니돈으로 사라. 돈 많잖아.”

“에게, 일주일 용돈 2000원으로 어디다 부쳐요.”

아침부터 어머니와 실랑이를 벌였다. 어머니께서는 내가 학교에 늦을까봐 걱정이 되시는지

“그래 그래 자, 어서 학교 가.”

하시며 지갑에서 천원을 꺼내 주셨다. 찡그리며 말하는 어머니는 영 못마땅하신 것 같았다. 난 흥얼흥얼 콧노래를 부르며 학교로 갔다.

친구들과 이야기 꽃을 피우며 수업을 마쳤다, 곧장 문구사로 달려가는데 우연히 밖에 있는 기계를 보았다. 좀 더 가까이 가서 보니 노란색 네모난 상자 안에 여러 종류의 인형이 많이 들어 있었다.

‘이게 뭐지?’

호기심이 생겼다. 마침 어떤 아이가 와서 동전구멍에 돈을 집어넣었다. 그리고 단추를 누르니 통안의 집게가 이리저리 움직였다. 다시 한 번 단추를 누르니 그 집게가 밑에 놓여있는 인형을 잡았다. 구멍으로 나온 인형을 보고 좋아하는 그 아이를 신기한 듯 쳐다보았다.

‘재미있겠다. 나도 해 봐야지.’

난 샤프를 사야 한다는 생각은 잊고 천원을 동전으로 바꿨다. 동전을 넣고 해 보니 집게가 움직이기 시작했다.

엄마, 쓸 게 없어요

“이때다!”

난 힘껏 단추를 눌렀다. 그런데 인형이 들어올려지는듯 하다가 나시 떨어졌다.

‘나 잡아가 봐라.’

하며 비꼬듯이 상자 안에 그대로 누워있었다. 계속해서 날 놀리는 것 같았다.

‘이번에는 되겠지.’

번번히 잡히지 않을 때마다 이렇게 생각하며 동전을 집어넣었다. 그러나 그렇게 많이 해도 하나도 잡히지 않았다. 화가 나서 주머니에 손을 집어넣었다., 그런데 아무것도 잡히는 게 없었다. 다른 쪽 주머니도 찾아봤지만 동전은 한푼도 나오지 않았다. 그제야 인형잡기 기계에 돈을 다 썼다는 걸 알았다. 뒤늦게 후회했지만 아무 소용이 없었다.

“아휴, 어떡하면 좋아.”

너무너무 후회가 되고 내 자신이 너무 바보 같았다.

‘소 잃고 외양간 고친다.’

하는 속남도 나 같은 사람 때문에 만들어 진 것 같았다. 벌레 씹은 얼굴로 집에 들어왔다. 어머니께서는 샤프 이야기를 꺼내지 않으셨다.

‘혹시 물으시면 어떻게 하지.’

하고 가슴이 조마조마 했었는데 다행이었다. 저녁을 먹고 가계부를 쓰시는 어머니께서

“어, 돈이 조금 비네.”

하고 말씀하셨다. 한동안 생각하던 어머니께서는

"참, 지민아, 오늘 돈 가져갔지?"

난 꼭 죄진 사람 마냥 "네" 하고 말했다. 그 뒤 아무것도 묻지 않으시는 어머니가 무척 고맙게 느껴졌다.

요즈음 길가를 지나다가 뽑기를 하는 아이들을 보면 전에 내가 한 것이 생각나 한심하게 느껴지고 괜히 웃음이 나온다.

문방구 앞에 있는 기계에서 인형을 꺼내는 장면을 자세하게 썼습니다. 자신의 느낌을 웃음으로 끝맺음한 것이 칭찬할 만합니다.

엄마, 쓸 게 없어요

숙제는 미워

형남 4 심민정

4학년 2학기가 시작되는 날이었다. 우리들은 **학교에서** 여름방학 때 즐거웠던 일을 서로 자랑을 하였다. 그때 주은이가 물었다.

"민정아, 너는 방학 때 무엇을 했니?"

"으응, 나는 할머니 댁도 다녀오고 ....."

하면서 거짓말을 계속 꺼냈다. 솔직히 말한다면 여름방학 때도 숙제에 시달려 외할머니댁 밖에 가지 못했다. 그런데도 주은이는 부러운지 입을 딱 벌렸다. 1)

"오늘은 특별히 숙제가 없다."

"야호."

우리 반 아이들은 무척이나 좋아했다. 그리고 과제물을 하나하나 낼 때마다

'내 과제물이 전시되고 상을 받을 수 있을까?'

가방을 메고 집으로 뛰어갔다.

"숙제 없니?"

엄마는 퉁명스럽게 물으셨다.

"없는데요? 왜 물으시죠?"

"응 숙제가 있으면 내 머리가 딱 아프거든."

저녁이 되자, 엄마는 손뼉을 '탁'치시며 무엇을 잃어버리신 것 같으셨다.

"아참, 시장 가는 걸 깜빡 잊었네."

하시며 나와 시장에 가셨다. 시장에 가시는 도중에 엄마의

눈과 수학학원이 마주치셨다.

"수학학원 가보자."

내가 수학에 소질이 없다고 수학학원에 보내기로 마음 먹었기 때문이다.

2)한 계단 한 계단 오를 때마다 가슴이 떨렸다. 학원의 문을 열고 테스트를 했다. 다음날이 되었다. 학교 갈 준비를 다하고 학교에 갔다. 수업을 마치고 선생님께서 숙제를 부르셨다.

"사회 조사학습, 국어 예습, 수채화 준비…"

난 알림장에 빠르게 적어 내려갔다.

'오늘은 어제 것까지 내시나 왜 이렇게 많지!'

오늘은 필사적으로 뛰어가서 숙제를 시작했다. 1시간 2시간 흐르기 시작했다.

"민정아, 이거 간식인데 먹고 수학학원에 가야지."

하시며 간식을 책상 위에 두고 나가셨다. 수학 학원으로 뛰어갔다. 공부를 하면서도 숙제 생각에 계속 답이 틀리고 말았다.

"안녕히 계세요."

하고 내가 제일 먼저 나가려고 할 때였다.

"아! 잠깐만, 이 교제 숙제니 내일 꼭 가져와라."

하시며 한 장씩 나누어 주셨다. 나는

'큰일났다.'

라는 생각뿐이 나지 않았다. 나는 젖먹던 힘까지 뛰어서 집으로 왔다.

난 당장 숙제를 시작했다.

엄마, 쓸 게 없어요

'누가 숙제라는 것을 만들었을까?'

하고 불만은 태산이지만 차근차근 풀어가며 숙제를 끝냈다. 난 잠자리에 눕자마자 깊은 잠에 들었다.

3)숙제를 더욱 열심히 해야지.

시작과 중간의 주제가 분명하지 않습니다. 처음부분에 선생님이 교실에 오기 전에 친구들과 잡담을 나누는 장면은 이 글에서는 간단히 요약해서 쓰는 것이 좋겠습니다. 그리고 1)에서는 선생님께서 교실로 들어오신 상황을 적어야 뜻이 분명해 집니다. 2)도 두 문장 정도로 요약을 했으면 좋겠고, 3)은 없어도 되는 문장입니다.

가장 아름다운 풍경

신평 5 김시현

1 : 버스 안에서

4학년 때 일이다. 지팡이를 짚고 다니시는 한 장님 할아버지께서 버스에 타셨다. 그 때 운전기사 아저씨께서

"힘드시죠. 이리 오세요."

하시며 자리에 앉혀 드리고

"어디로 가실 거예요."

하고 목적지를 물어 보았다.

"할아버지, 다 왔어요. 내리셔야죠."

하시며 운전기사 아저씨는 할아버지를 부축하여 내려드리고 다시 오셨다. 다른 사람 같았으면 그냥 지나칠 장님 할아버지에게 그렇게 친절을 베푸는 것을 보니 그 모습이 매우 아름다웠다.

한 가지 이야기를 더 하겠다. 친구와 신평에 갈 때 한 늙으신 할머니께서 짐을 많이 들고 버스에 타셨다.

그 때 타고 있던 한 아주머니께서

"할머니, 짐 이리 주세요, 제가 들어 드릴게요."

하시며 짐을 들어 드리고 자리까지 양보해 주었다. 정말 아름다운 풍경이었다.

2 : 할머니 힘 내세요.

이번 이야기는 우리 할머니의 이야기다. 1)**할머니께서 편찮으셨을 때 추석 때 모인 가족들이** 할머니를 극진히 모시고 편하

엄마, 쓸 게 없어요

게 해 드리기 위해 온 가족이 정성을 기울였다. 그때 마침 아버지께서는 해외에 나가 계셨는데 할머니께서 편찮으시다는 소식을 듣고 깜짝 놀라고 슬퍼하셨다고 한다. 이런 가정은 아주 아름답다고 생각한다.

3 : 긴급구조 119

매주 화요일에 텔레비전에서는 '긴급구조 119'를 한다. 그 프로그램을 볼 때마다 자신의 생명을 걸고 2)**위험에 처한 모습은** 아주 아름답고 구조대원이 죽을 때면 슬프기도 하다. 우리 주위에는 아름다운 모습이 많다. 우리도 남을 도울 줄 아는 아름다운 사람이 되아야겠다고 생각한다.

시현이는 무심코 지나칠 수 있는 장면들을 깊은 기억 속에 아름답게 새겨 놓았군요. 웃어른을 공경하는 마음이나 곤경에 빠진 우리 이웃을 위해 자신의 몸을 희생하는 것은 참으로 아름답고 소중한 것입니다. 우리 주변에 부모님을 잘 모시지 못한다는 얘기가 많은데 오늘 시현이의 글을 읽고 나니 선생님의 마음도 흐뭇합니다. 또 위험을 무릅쓰고 일하시는 구조대원과 이와 비슷한 일을 하시는 여러분들께는 고마운 마음을 가지면 더 아름다운 세상이 되겠지요.

1)은 '지난 추석때 할머니께서 편찮으셨다. 추석이라서 모인 가족들이'로, 2)는 '위험에 처한 사람들을 구해주는 구조대원들의 모습은'으로 각각 고쳤으면 합니다.

어머니의 사랑

형남 5 황지영

"다녀왔습니다."

"그래, 서예학원도 갔다왔니?"

"예? 아, 네."

나는 더듬거리며 말하고는 내 방으로 들어왔다. 그리고는 문을 꼭 잠갔다.

사실은 오늘 서예 학원을 가지 않았기 때문에 금방이라도 엄마가 들어와서 날 혼낼 것 같았기 때문이다. 나는 "휴"하고 한숨을 쉬었다. 엄마가 눈치채지 못하신 것이 무척 다행스러웠기 때문이다.

하지만 다른 때와 달리 말을 더듬고, 문까지 잠그고 방에 들어가는 내 모습이 엄마에겐 이상하게 보였을 것이다. 그래서 엄만, 서예 학원으로 전화를 하셨다.

"네! 가지 않았어요? 아니요. 지영이가 몸이 좀 아프거든요. 그래서 학원을 가지 말랬는데, 갔나 싶어서요. 네 그럼, 수고하세요."

엄마가 전화하시는 소리가 내 방까지 다 들렸다.

난 문을 잠그면 더 혼날 것이라고 생각하고는 문을 열고 거실로 나갔다. 엄마는 목에 따발총을 붙였는지,

"지영아, 학원 빼먹으려면 가지마. 네 학비 내지 말고, 엄마 옷이나 한 벌 더 사 입자. 욕심은 많아서 끊으라고 해도 말도 안 듣고."

하시며 쏘아대셨다.

나는 입이 열 개라도 할 말이 없었다. 내가 잘못 했는데도 자꾸 눈물이 나왔다.

"와앙, 앙, 앙."

결국 나는 울음을 터뜨렸다. 엄마가 때린 것도 아니고, 내가 잘못했는데 말이다.

엄만 울고있는 내 모습을 보자 미안한지

"지영아, 다음부터는 학원 빼먹지 마. 알았지? 이제 그만 울고."

하시며 날 달래주셨다.

앞으로는 엄마께 거짓말도 하지 않고 남을 속이지 않는 엄마의 사랑스러운 딸이 되어야 겠다.

지영이를 위해서 엄마는 거짓말을 했습니다. 마지막 문장을 안 쓰는 것이 오히려 읽는 사람들에게 잔잔한 여운을 남기게 됩니다.

부침가루 한 봉지

형남 5 전지민

"지민아, 시장에 가서 부침가루 한 봉지만 사와라."

TV를 보다가 난 얼른 문제집을 꺼내 탁자 위에 올려놓았다.

"저 지금 공부해요."

어머니께서는 다 알고 있다는 듯이

"빨리 갔다 오지 못해!"

갑자기 언성을 높이시는 어머니에게 기가 팍 죽었다.

"알았어요. 가면 되잖아요. 돈이나 줘요."

투덜투덜 불만스럽게 말을 하자 어머니께서 아랫입술을 꼭 깨물고 나를 흘겨보셨다. 난 얼른 돈을 들고 밖으로 달려나갔다. 너무 급히 나가는 바람에 문도 제대로 닫지 않았는데

"쾅!"

하고 아직도 화가 풀리지 않았는지 어머니의 문닫는 소리가 계단에 울렸다.

'오빠도 있는데, 왜 나만 시키는 거야. 안 그래도 가기 싫은데 가뜩이나 멀리 시장에까지 가서 사오라니."

괜히 화가 났다.

'뭐, 엄마가 알겠어.'

난 집옆에 있는 슈퍼로 갔다. 슈퍼에서 제일 작은 부침가루를 샀다. 집으로 와서 어머니께 거스름돈과 부침 가루를 드리니 어머니께서

"어, 전에는 이것보다 쌌는데. 그새 올랐나?"

어머니의 말을 듣고 가슴이 뜨끔했지만 태연하게 TV만 보

엄마, 쓸 게 없어요

왔다.

"지민아, 영수증은 어딨니?"

"부침가루 하나 샀는데 영수증을 왜 줘요."

어머니께서는 그냥 쓰면 될걸, 끝내 이상해 하셨다. 난 어머니를 옆에서 흘끔흘끔 쳐다

보다가 어머니의 눈이 반짝하는 것을 보았다. 그 순간 나도 모르게

'이크! 들켰다.'

하는 생각이 들었다.

"지민아! 너 요 옆 대백슈퍼에 갔지? 시장에 가면 150원이나 더 싼데."

대백슈퍼 봉지를 보신 어머니께서는 나에게 화를 내셨다. 난 나의 잘못을 생각지도 않고

'그깟 150원이 뭐가 아깝다고.'

어머니께서는

"앞으로는 엄마가 가야겠다."

하시며 부침가루로 호박 부침개를 만드셨다.

그날 저녁 맛있게 부침개를 먹었다.

그 다음날

"어머, 간장이 떨어졌네? 지민아 간장 좀 사와라."

어제 말이 그냥 해 본 말인지, 아니면 어머니의 건망증 때문인지 또 심부름을 갔다. 그리고 나의 변화된 점도 있다. 그건 바로 어머니 말에 순순히 따랐다는 것이다.

"지민아."

어머니께서 나를 부른다. 또 심부름을 시키려는 모양이다.

　제목을 다른 것으로 바꾸면 좋겠습니다. 부침개 한 봉지보다는 심부름으로 인한 지민이와 어머니의 갈등이 이야기의 주제인 것 같습니다. 밑줄 친 부분을 맨 마지막으로 보내서 '어제의 말이 그냥 해 본 말인지 아니면 어머니의 건망증 때문인지 또 심부름을 갔다.' 이렇게 끝내면 어떨까요?

엄마, 쓸 게 없어요

선생님께서 주신 선물

형남 4 여영주

내가 3학년 때의 일이다.

2학기 때 전학을 온 나는 까맣고 진한 눈과 눈썹을 지닌 선생님이 무척 무서워 부였다.

나는 젊고 예쁜 여자 선생님이기를 바랐는데 할머니이신 데다가 키가 크고 덩치도 크셔서 더욱 그랬다.

그렇지만 나는 선생님께 잘 보이려고 부반장 선거에 나가서 당선되었다.

그 후로 나는 선생님의 심부름도 많이 하고, 선생님과 함께 있는 시간이 점점 많아지자, 선생님이 무척 다정, 다감하신 분이라는 것을 알게 되었다.

선생님께서는 나를 무척 귀여워 해 주셨다.

사회 시간에 여성의 할 일에 대해서 말씀하시다가,

"옛날에는 여자들은 집에서 집안일만 했지만 요즘은 여성들도 직업을 가질 수 있습니다. 우리 학교 교장 선생님도 여자입니다. 앞으로는 여자들도 대통령같은 직업을 가질 수 있습니다."

하셨다.

나는 선생님의 말씀을 듣고 희망을 얻었다.

나는 어릴 때 여자 대통령이 되기를 바랐었기 때문이다.

겨울 방학을 앞둔 어느 날, 선생님께서 명예퇴임을 하게 된다는 소식을 들었다. 그 소식을 들은 바로 다음날 퇴임식을 했다.

선생님께서 인사말을 하셨다.

"이 형남 국민학교를 마지막으로 30년 동안의 교직 생활을 마감하면서 아쉬운 점이 너무나 많습니다...."

선생님께서는 울먹이셨고, 참석하신 학부형들과 우리들도 하나둘씩 울음을 터뜨렸다.

마지막으로 스승의 은혜를 부르고, 우리 반 아이들이 준비한 선물을 가지고 한 명씩 단상에 올라갔을 때는 온 식장이 울음바다로 변했다. 특히 선생님께 가장 야단을 많이 맞았던 친구 해민이가 올라갔을 때 부둥켜안고 한없이 우시던 모습은 지금도 눈앞에 어른거린다.

그 날 마지막 수업을 하시던 날 선생님께서는 예쁜 저금통 하나씩을 우리 반 아이들에게 나눠주시며

"4학년이 되어서도 공부 열심히 하고 선생님 말씀 잘 듣는 학생이 되거라." 하신 선생님이 보고싶다.

선생님께서 주신 돼지 저금통은 아직도 내 책상에서 빙긋이 웃고 있다.

선생님의 퇴임식 장면을 차분한 감정으로 잘 표현했습니다. 그런데 표시된 부분을 한 번 읽어보세요. 주제와 동떨어진 내용이지요. 아마 영주는 선생님의 자상한 면을 묘사하려고 했는 모양인데 이 글의 내용과는 맞지 않습니다.

엄마, 쓸 게 없어요

3. 독서감상문

'생각 없는 나라'를 읽고

형곡 2 이동락

TV를 많이 보아서 생각이 없어진 나라 <생각 없는 나라>를 읽고 이 책은 12편으로 되어 있는 책이다.

이 책에서 나는 '생각 없는 나라'가 제일 재미있었다.

동물나라가 있었다. 어린 동물은 염소 할아버지께 이야기를 들으며 놀았다. 그런데 어느 날 네모 상자가 생겼다. 그 네모 상자는 TV였다. 동물들은 그 TV에만 정신을 팔았다. 염소 할아버지가 돌아가셨는데도 동물들은 TV만 보았다. 그래서 동물나라에는 생각이란 말이 없어졌다. 나도 이제부터는 TV만 보지 않아야겠다. 왜냐하면 TV만 보면 나도 동물처럼 생각이 없어지기 때문이다.

줄거리를 간단하게 잘 썼다. TV를 보면 왜 생각이 없어지는지 써 주면 더 좋겠다. 표시된 부분은 '제목이 〈바람도깨비〉인 이 책은 12가지의 이야기로 되어 있다. 그 중에서 나는 TV를 많이 보아서 생각이 없어진 나라인 <생각 없는 나라>가 제일 재미있었다.'로 고치면 뜻이 더 명확해 집니다.

서로 돕는 여우와 곰
—'여우와 곰'을 읽고—

형곡 2 강채원

내가 읽은 이 책은 바람도깨비이다. 이 책 안에는 여러 가지 많은 이야기가 들어있다. 내가 제일 재미있게 읽은 것은 여우와 곰이다.

여우와 곰은 먹이를 쉽게 구하기 위해 만났다.

여우는 곰의 어깨를 밟고 꿀을 찾았고, 그리고 곰은 바위를 들고 있고 여우는 가재를 잡았다. 또 강에 가서 함께 물고기를 잡았다. 그런데 여우가 혼자 먹으려고 곰 몰래 네 마리를 감추었다. 곰은 이것을 알고 무척 화를 냈다. 그래서 여우가 사과를 하고 물고기를 감춘 곳에 찾아가니 물고기가 한 마리도 없었다.

여우는 너무 놀랐다.

이것은 너구리가 몰래 숨어 있다가 가져갔기 때문이다. 여우와 곰은 헤어졌다. 나는 이 책을 읽고 친구끼리 서로 돕고 친하게 지내야겠다고 생각했다. 또 친구에게 거짓말을 하지 말아야겠다.

책 소개와 줄거리 요약, 느낀 점을 잘 썼습니다.

뭉치의 즐거운 날
-'나야 뭉치 도깨비야'를 읽고-

형곡 2 황희용

나는 학원을 다녀서 이 책을 읽었다. 지은이는 서화숙이고 출판사는 웅진이다. 나는 뭉치와 보람이와 아름이가 이불놀이를 한 이야기가 재미있었다. 뭉치는 도깨비 물을 만들었다. 아름이와 보람이는 요와 이불을 섬으로 하고 선풍기는 악어로 하였다. 그런데 신나게 놀고 있는데 엄마가 아래층에서 시끄럽다고 하셔서 하지 않았다.

나는 방에서 뛰지 않겠다.

엄마가 놀지 못하게 했을 때, 뭉치와 보람이, 아름이는 어떤 생각을 했을까요?

개구리와 쥐

형남 1 김창현

골탕먹이기 좋아하는 개구리가 있었어요. 어느 날 순진한 쥐를 만났어요. 개구리는 "우리 둘도 없는 친구가 되자. 발을 단단한 줄로 묶고 말이야." 순진한 쥐는 고개를 꺼덕였어요. 개구리는 냇가로 폴짝폴짝 뛰어 갔어요. 쥐는 "난 헤엄을 못 쳐." 그러나 개구리는 금방 물로 뛰어 들었어요. 쥐는 숨이 막혀 "어푸어푸"하며 허우적거렸어요. 개구리는 즐거워서 개굴개굴 웃었어요. 그때 번개처럼 매가 나타나 쥐를 움켜잡고 하늘로 올라갔어요. 개구리가 발버둥을 쳐도 쥐와 함께 하늘로 올라갔어요.

이솝 이야기에 나오는 한편의 동화를 아주 상세하게 요약을 잘 했습니다. 그러나 자기의 느낌과 생각이 하나도 없는 것이 약간 아쉽습니다. 물 속에 들어갔을 때의 쥐와 개구리의 느낌을 잘 생각해 보고 또 재미있었던 부분이 어디인지도 잘 찾아보았으면 좋겠습니다.

엄마, 쓸 게 없어요

이제민에게

형곡 1 황선우

제민아, 니는 무엇을 하고 지내니? 나는 궁금해 죽겠어. 나는 요즘 한우리독서교실에서 책을 읽고 글을 쓰기도 해. 힘들지만 열심히 공부할거야. 나는 한우리에서 1학년 안데르센 동화를 읽었는데 그 중에서 '새끼 돼지의 자랑'이라는 이야기가 나와. 새끼돼지는 자기는 금화랑 은화가 있다고 자랑을 했어. 그래서 어느 날 밤에 장난감의 축제가 시작되어 모든 장난감들이 과자도 먹고 쥬스도 먹었대. 인형이 새끼돼지를 불렀어. 아무리 불러도 대답이 없었어. 그런데 새끼돼지는 먹고 싶어서 내려가다가 자기 몸이 다 깨졌다는 이야기야. 나도 자랑을 하면 안되겠다는 생각을 했어. 너도 '새끼돼지의 자랑'을 한 번 읽어봐. 편지 그만 쓸게. 안녕.

1996년 6월29일
이제민 친구 선우가

편지 형식에 맞춰 제민이란 친구에게 내용을 알기 쉽게 잘 썼습니다. 그런데 새끼돼지가 어떻게 하다가 몸이 부서졌는지를 자세히 썼더라면 더 좋았겠습니다. 이 글은 편지 형식의 독서감상문인데 동화 속에 나오는 등장인물이나 지은이에게 쓴 편지가 아니고 자기가 읽고 재미있었던 이야기를 친한 친구에게 소개하는 형식으로 쓴 글이어서 더욱 자연스러운 독서감상문이 되었습니다.

저만 알던 거인에게(형곡 1 안재홍)

안녕, 하늘나라에 가서 잘 있겠지?

나는 저만 알던 거인이란 책을 읽은 재홍이야. 여기는 더워. 거기는 어때? 아이들을 처음에 왜 미워했니? 니가 착한 거인이 되어서 참 기뻐.

1996년 7월 19일 재홍이가

아이들을 미워한 거인이 이상했고, 착한 거인으로 바뀐 것이 참으로 다행이라고 재홍이는 생각하고 있습니다. 줄거리가 빈약한 대신에 자신의 느낌이 잘 나타나 있습니다. 그래요. 독서감상문은 특별히 어려운 것이 아니고 이처럼 자기의 생각을 글로 쓰면 됩니다. 그런데 편지를 끝낼 때는 끝인사를 하면 더 좋겠습니다.

엄마, 쓸 게 없어요

뭉치는 뚱돼지
-'나야, 뭉치 도깨비야'를 읽고-

형곡서부 2 김윤지

내가 이 책을 읽게 된 까닭은 뭉치가 얼마나 뚱돼지인지 알고 싶어서이다. 이 책의 지은이는 서화숙, 출판사는 웅진 그림동화이다.

이 책에는 8가지 이야기가 있는데 그 중에서 나는 뭉치와 보람이와 아름이가 이불놀이를 한 이야기가 제일 재미있었다.

뭉치는 밤에 보람이와 아름이와 이불놀이를 하였다. 이름은 해적선 놀이다. 뭉치가 요술을 부려서 물이 생겼다. 보람이와 아름이와 뭉치는 신나게 놀았다. 그런데 인터폰이 와서 놀지 못하게 되니 보람이는 1층으로 이사가고 싶다고 생각하였다. 나도 뭉치처럼 요술을 부리고 싶다.

제목이 글의 내용과 맞지 않습니다. 뭉치가 보람이, 아름이와 이불놀이를 한 것에 초점을 맞추어 제목을 지어보면 좋겠습니다.

멍텅구리 아기노루
―"아이쿠나 호랑이" 중의 '대장 아기 노루'를 읽고―

신평 4 이종경

아이쿠나 호랑이의 제목이 재미있을 것 같아 읽어보았다. 출판사는 산하이며 지은이는 윤태규선생님이다. 윤태규 선생님은 1950년 경상북도 영천에서 태어나 안동교육대학을 졸업하고 줄곧 국민학교에서 어린이들을 가르쳐 오셨다. <신나는 교실> 등 좋은 동화를 많이 써 오신 선생님은 지금 경상북도 달성군 북동 국민학교에서 어린이들과 함께 신나는 학교생활을 하고 계시다.

이 책 내용은 주인 아저씨가 쌩쌩이, 넙죽이, 얼룩이를 데리고 사냥을 나갔다. 아기노루를 잡아 훈이네 집에 데려가 같이 살게 되었다. 아기노루는 넙죽이, 쌩쌩이, 얼룩이, 훈이와 친하게 지내 동무가 되어 훈이가 노루에게 먹을 것을 주었다.

어느 날 밤에 아기노루는 엄마 노루가 그리워 밖으로 뛰어 나갔다. 그 때 똥개를 만났다. 아기 노루는 쌩쌩이한테 이기고, 쌩쌩이는 똥개한테 이기기 때문에 아기노루는 이길 자신이 있었다.

아기 노루는 똥개를 때려도 조금도 움직이지 않았다. 그러나 똥개가 아기노루를 때리니 아기 노루는 인생을 마쳤다. 아기노루가 불쌍하고 멍청하다.

　　마지막 느낌부분에 이 글의 주제를 적었으면 더 좋겠습니다. 책 소개
를 자세하게 잘 했습니다. 그런데 책을 읽게 된 동기가 나와 있지 않으
며 억지로 쓴 듯한 느낌을 줍니다.

슬기롭게 살자
-'명심보감'을 읽고-

형곡 5 진민주

한우리 독서모임에서 독서 공부를 하면서 읽게 된 '이야기 명심보감'은 그 주제에 대한 몇 가지의 이야기와 시 한 편씩으로 이루어져 있는 책이다. 얼핏 보기에는 딱딱한 책인 것 같지만 전혀 그런 책이 아니다. 내가 지금 쓰려고 하는 이야기의 주제는 '슬기롭게 사는 길'이다.

우선 '착한 이도 스승, 나쁜 이도 스승'에 대해 쓴다.

세 사람이 길을 걷고 있다. 그 중에는 나와 같은 사람, 나보다 못한 사람 그리고 나보다 나은 사람이 있다. 나보다 나은 사람에게는 무엇을 배울 수 있고, 나와 같은 사람에게도 무엇을 배울 수 있고, 나보다 못한 사람에게는 그 사람을 보고 자신을 반성해야 한다는 내용에서 나의 생활을 반성해 봐야 했다. 왜냐하면 나는 '나보다 못한 사람도 있는데 이 정도쯤이야'하며 그 사람을 보고 내 생활을 반성하지 않았기 때문이다. 그래서 엄마와 아버지에게 꾸중도 종종 듣는다. 이런 생각은 빨리 고쳐야겠다. 또 '남을 비웃지 말자'는 교훈이 담긴 내용의 이야기인 '조조의 웃음'을 읽고 난 뒤 남을 비웃으면 안된다는 것에 대해 내가 알고 있는 것보다 더 확실히 깨달을 수 있었다. '이야기 명심보감'은 정말 **사회에 나가 일할 때** 많은 도움을 줄 책이며 마음 속 깊이 간직해 둘 만한 책, 마음의 양식이 되어 줄 책이다.

엄마, 쓸 게 없어요

첫 부분에 책을 읽은 동기와 책소개를 차분히 잘 했습니다. 줄거리와 관계되는 교훈을 잘 찾아 적었습니다. 표시된 부분은 아직 민주는 공부하는 학생이므로 사회라는 말보다는 '앞으로 내가 생활해 가는데 있어서'라고 고치면 어떨까요?

"오세암" 중 '위문 온 매미'를 읽고

도량 5 임희준

김일병 아저씨께

안녕하십니까? 비가 많이 오는 여름철에 나라를 위해 하시는 일이 얼마나 많으십니까? 저는 구미시 도량초교 5학년에 있는 임희준입니다. 저의 동네는 산이 둘러싸고 있는 고장입니다. 산에는 잠자리와 메뚜기도 있고 다른 생물도 있지만 매미가 없습니다.

여름의 성악가가 없는 저의 고장에는 매연이 심해서 매미가 없는 것이 단점입니다. 여름에 개구리, 메뚜기, 매미가 음악회를 여는 아름다운 노래소리를 듣고 싶습니다.

우리 고장은 교통이 편리해서 오고 가는 사람이 많습니다. 언제 찾아 오셔서 경치 구경을 해 보세요. 그럼 이만 줄일께요.

몸 건강하시고 안녕히 계세요.

1996년 8월 7일
임희준 올림

'위문 온 매미'는 위문편지를 받아 본 김일병이 갑자기 특박 신청을 해서 국민학교 운동장에 매미를 갖다 놓는다는 이야기입니다. 그래서 과연 김일병이 받아 본 위문편지는 어떤 내용으로 되어 있을까를 상상해서 써 보도록 한 글입니다. 그러고 보면 희준이는 김일병 아저씨를 설득하는 힘이 좀 약하지 않나 싶군요. 매미와 함께 어울린 여름날의 이야기를 좀 더 실감나게 썼더라면 좋았겠습니다. 매미를 여름의 성악가라고 한 것이 특이합니다.

엄마, 쓸 게 없어요

재주 있는 조개

도산 2 최주희

독서학원에서 이 책을 내 주어서 읽게 되었다. 조개는 자기가 재주가 **없는 조개**라고 말했지만 괴로워서 울고 나니 몸 속에서 진주가 생겼다. 사람이나 동물은 재주가 없는 것 같지만 한 가지라도 재주가 다 있다. 나는 이 책을 읽고 사람은 재주가 한 가지씩 있는 것을 알았다. 나는 내가 미술을 잘 그린다고 생각한다. 나는 커서 **미술 과학자**가 되겠다.

그렇습니다. 모든 사람에게는 한가지씩 재주가 있습니다. 자기에게 주어진 그 재주를 빨리 발견할 수 있도록 열심히 노력하는 것이 중요합니다. 그런데 '미술과학자'는 어떤 일을 하는 사람일까 궁금합니다. 과학자가 미술을 함께 하는 것이라면 앞으로 과학은 매우 재미있을 것 같습니다. 그리고 표시된 부분은 '없다고'라고 하면 같은 말의 반복도 피하고 좋을 듯 합니다.

심청전

북삼 4 김영우

나는 이 책을 선생님께서 읽으라고 해서 읽었다. 이 책은 옛날부터 전해 내려오는 고전동화 중의 하나이다.

심청은 태어나자마자 어머니가 돌아가시고 앞 못보는 아버지와 살았다. 심청이가 돈도 벌고 아버지의 수발도 들곤 했는데 어느 날, 청이가 늦게까지 돌아오지 않자 걱정이 된 아버지는 밖에 나갔다가 그만 개울에 빠지고 말았다. 지나가던 스님이 구해주었는데 부처님께 공양미 삼백석을 바치면 눈을 뜰 수 있다고 했다. 그래서 아버지는 눈을 뜰 수 있다는 생각에 그렇게 하기로 했다. 약속은 했지만 공양미 삼백석을 구할 길이 없었다. 그래서 청이는 인당수 물에 자기 몸을 던져 쌀과 바꾸기로 했다. 아버지의 통곡에도 불구하고 심청은 인당수 강에 몸을 던졌는데 죽지 않고 왕비가 되었다. 그래서 앞 못보는 사람들을 위한 잔치를 벌여 아버지를 만났다. 나도 착한 마음을 가져야 겠다고 느꼈다.

글의 중간 중간에 영우의 느낌을 적었더라면 더 좋은 글이 되었을 텐데 하는 아쉬움이 남습니다. 앞으로는 선생님의 강요가 없더라도 책을 읽도록 하세요. 동기와 마지막의 느낌이 너무 형식적입니다.

엄마, 쓸 게 없어요

'생각 없는 나라'를 읽고

형곡 2 조영만

이 책을 읽게 된 이유는 재미있을 것 같아서이다. 이 책의 지은이는 조성자이고 출판사는 우리교육이다. 재미나고 신났다. 염소할아버지한테서 이야기를 들으며 생각을 하던 동물들이 어느 날 부터 생각 없이 네모상자를 보기 시작했다.

네모상자에는 싸우는 장면과 대포가 나왔다. 동물들은 염소할아버지가 찾아와도 계속 텔레비젼만 보았다. 생각 없이 있었던 것이다.

나중에 할아버지가 죽어도 동물들은 텔레비젼만 보고 아무 생각이 없었다. 만화가 나오는 텔레비젼을 보는 것이 좋긴 하지만 생각 없이 살아서는 안되겠다.

내용 요약이 간결하게 잘 되었고 특히 마지막 부분에 자기 생각이 분명하게 나타나서 매우 좋습니다. 책을 읽게 된 이유를 꼭 써야 하는 것으로 생각하고 썼기 때문에 오히려 이상합니다. 표시된 문장을 빼는 것이 더 좋겠습니다.

아이들의 마약문제
-'내가 누구예요'를 읽고-

비산 5 김시현

이 책은 한우리 독서교실에서 받아 읽게 되었다. 이 책은 해외 입양아 문제, 어린이 마약 문제를 중심적으로 적은 책이다.

특히 생각나는 것은 마약문제이다. 우리 나라도 마약문제가 심각하여 어느 아저씨는 마약 없는 세상에 다시 태어나고 싶다는 유언을 남기고 자살을 하였다. 연예인들도 마약을 피우다 적발된 사례가 많이 있다.

미국에는 실제로 어린이들이 마약에 빠져 마약을 피우고 다른 사람도 피우게 하여 마약을 확산시킨 적이 있다고 한다. 마약을 피우면 기분이 좋아져 한 번 피우면 혼자서는 빠져나가기 힘들다고 하니 마약을 막기란 하늘에서 별따기 같다. 우리 나라, 일본, 중국은 백색 삼각지대 (히로뽕의 삼각지대)라고 할 정도로 비밀거래가 많다고 한다.

나는 우리들이 마약에 빠지지 않도록 노력해야 한다고 생각한다. 그래서 훗날 마약이 사라져서 좋은 세상이 되도록 해야 한다. 마약 때문에 자살한 사람들이 마약 없는 세상에서 다시 태어날 수 있도록 하기 위해서…

역시 동기가 이상하죠. 책의 내용 중 일부분에 해당하는 마약문제를 가지고 자기의 생각을 주장하는 글처럼 썼습니다. 책을 읽고 어떤 형태로든 자기의 느낌을 쓰면 독서감상문이 된다고 했으니 잘못된 것은 아닙니다. 그러나 원래 책의 주제와 너무 동떨어진 이야기를 썼으니 이 책

엄마, 쓸 게 없어요

을 읽어보지 않은 사람은 '내가 누구예요'라는 책이 마약문제를·다룬 이
야기로 잘못 알까봐 걱정이 됩니다. 이 책의 주제는 해외 입양의 문제를
다룬 것입니다. 이 내용이 조금 들어갔더라면 좋은 독서감상문이 되었
겠습니다.

바보 철이
-'모래성'을 읽고-

형남 3 정재영

이 책을 지은 사람은 김상삼이고 출판사는 한국독서지도회이다. **이 책을 읽게 된 동기는 내용이 재미있을 것 같아서이다.**

바보 철이라는 아이가 있었다. 그 아이는 맨날 아이들에게 따돌림을 받았다. 하지만 철이는 말을 못했다. 그래서 **말도 못하고** 따돌림을 받을수밖에 없었다. 하지만 찬이는 철이를 놀리거나 따돌림을 하지 않고 따돌림을 한 아이를 막았다. 나중에 바보 철이는 말을 하게 되었다. 그래서 선생님께 말을 하였더니 선생님께서 오서서 철이를 꼭 껴안아 주셨다.

나는 이 책을 읽고 찬이가 친구를 감싸준 것을 본받아야 겠고 찬이가 **자랑스럽다.**

맨 마지막의 '자랑스럽다'는 '부럽다'로 고쳐야 합니다. 그리고 표시된 부분을 빼고 읽어보세요. 훨씬 더 좋은 글이 될 것입니다. 찬이가 철이를 감싸 줄 때의 재영이 느낌을 적어 보세요.

엄마, 쓸 게 없어요

거짓말쟁이 준이
-'떡볶이 반장'을 읽고-

형남 3 최승혁

나는 그림이 재미있어서 이 책을 읽었다. 지은이는 김상삼이고, 그림이 많아서 좋았다. 준이는 여름방학이 끝나고 반장선거 때 반장이 되려고 찬이에게 거짓말을 했고, 다른 친구들에게도 거짓말을 했다. 준이는 찬이에게 생일이라고 **초대했는 것을 거짓말로 쳤던 것이다.**

나는 준이가 거짓말을 해서 나쁘다고 생각하고 준이처럼 그런 거짓말을 하지 않겠다.

표시된 부분을 '초대했는데 그것은 거짓말이었다'로 고쳐야 합니다. 준이가 왜 거짓말을 했는지, 그 결과는 어떻게 되었는지 궁금하군요. 이런 것도 써 주면 읽는 사람이 더 재미있게 읽을 수 있겠죠.

나쁜 아저씨
-'알게 뭐야'를 읽고-

형곡 2 채수진

동기는 한우리선생님께서 이 책을 주서서 읽게 되었다. 지은 이는 이현주이고, 출판사는 우리교육이다. 책의 특징은 글씨가 크다.

밀가루 차와 시멘트 차가 가고 있었다. 그러나 두 운전사가 오줌누는 바람에 차가 바뀌었다. 그래서 시멘트로 만든 과자를 아이들이 먹어 이빨이 부러졌고, 밀가루로 지은 집은 무너졌다. 그래서 아이들이 많이 다쳤다.

물건이 바뀌었으면 사람에게 바꾸자고 말해야 한다. 안 그러면 다른 사람들이 피해를 본다.

'이 책은 이현주 선생님께서 지었고 우리교육에서 출판하였다.' 이렇게 처음 시작을 하는 것이 더 좋겠지요? 단순히 물건이 바뀌었던 것이 문제가 된 것은 아니지요. 수진이는 자기가 맡은 일이 귀찮다고 대충 한 일은 없나 생각해 보세요. 얼마전에 다리가 무너지고 지하철 공사장이 폭발을 하고 백화점이 무너지고 했지요. 바로 어른들이 각자 맡은 일을 이 이야기의 운전수 아저씨들처럼 귀찮아하며 대충대충 했기 때문입니다.

엄마, 쓸 게 없어요

여자 친구 때문에, 마이클 조던
-'상식을 넘은 청개구리'를 읽고-

신평 5 김남석

이 '상식을 넘은 청개구리'는 꿈꿀권리에서 지었고 중앙일보사에서 편찬된 것이다. 옛날의 딱딱한 위인전이 아닌 요즘 활동하고 있는 만화가, 화가, 무용가, 스포츠맨들의 이야기이다. 그리고 이 책을 읽으면서 이들에게서 배울 점이 있다. 그것은 바로 틀에서 벗어난 기발한 생각이다.

내가 소개할 마이클조던도 마찬가지이다. 시카고벌스의 어린이를 사랑하는 농구선수가 있다. **바로 그 사람인 마이클조던은** 농구를 자기가 좋아하는 여자친구 때문에 시작하였다. 그 당시 여자아이는 운동선수를 좋아했기 때문에 마이클 조던은 좋아하는 여자 친구의 마음에 들기 위해 농구를 시작했던 것이다. 올림픽 금메달리스트, 농구의 황제 마이클조던에게서 내가 배울 점은 자기가 한 것에 대해 꾸준히 노력하는 것이나.

책 소개를 잘 했고 무엇을 본 받아야 할지도 잘 나타냈습니다. 표시된 부분은 '바로 그 사람이 마이클 조던이었는데 그는'으로 고치는 것이 좋겠습니다.

마티니아 과학의 신비로움
－'제트 광선, 지구를 살린다'를 읽고－

형곡서부 4 전성진

내가 이 소설의 주인공 마티를 만났을 때 너무나 기뻤고 멋있게 느껴졌다. 이 책은 어머니께서 사 주신 책 중의 하나이다. 나는 공상과학 소설을 좋아하진 않지만 이 책은 아주 흥미가 있었다.

나는 마티에게 편지를 보내고 싶다.

'마티에게

마티야, 너는 마티니아 유성에서 지구에 임무를 띠고 왔었지. 너는 키가 무척 작아서 네 친구 에디의 반밖에 되지 않았어. 하지만 우주선 조종 솜씨는 끝내 주더라. 우리 한국에는 작은 고추가 맵다고 하잖니. 너는 왜 까까머리를 하고 있는지 궁금해.

나는 이 책을 읽고 나서 매우 감탄했어. 너희 마티니아 유성의 과학기술을 보고 말야.

너희 별의 벨트는 리모트 콘트롤러이고 신발은 벨트의 스위치만 누르면 먼 거리를 단숨에 날아간다면서? 또 우주선이 눈으로 보기엔 작은 자동차처럼 보여도 분홍색 선글라스를 끼고 보면 그 자동차처럼 생긴 것이 거대한 우주선 내에 있는 것처럼 보인다고 했지?

너무나 놀랍고 신기해.

너희 별에는 과학의 천재들만 사는 모양이지?

너희 별에 한 번 가보고 싶어. 하지만 두고보라구 아직은 없어도 반드시 우리 지구도 훌륭한 과학기술이 개발될 거야.

엄마, 쓸 게 없어요

에디의 농장 부근에서 불이 났을 때 너는 우주선의 비상동력
을 쏘아 불길을 껐지. 그땐 네가 무척 용감하다고 느꼈어.

마티니아 동력은 무척이나 신비했어. 그 동력의 힘으로 마티
니아 별과 지구와의 통신도 되고… 너희 별에는 무척 신비한
것들이 많아. 그리고 또 한가지 에디와 너의 우정이 부러울 정
도야.

나는 지금까지 과학에 대해서 별 흥미가 없었지만 이 책을
읽고 나서 과학자가 되겠다는 생각을 했어. 과학을 가르쳐준
너희들이 고마워. 열심히 연구하고 개발하겠어. 너희 별 못지
않게 말야….'

책을 읽고 주인공에게 편지 쓰는 형식으로 궁금한 것들을 주인공에
게 물어보면서 아주 솔직하게 잘 썼습니다.

가족의 아름다운 정
−'달님은 알지요'를 읽고−

금오 4 최호술

이 책에는 사투리가 많이 나와서 읽기가 어려웠다.

어느 날 영분이가 서울로 이사 가게 되어서 송화는 베개인형을 영분이에게 기념으로 주었다.

"송화의 심정은 얼마나 슬펐을까?"

영분이가 떠날 때 편지를 한다고 했다. 송화는 검둥이를 안고 눈물을 흘렸다.

"마음이 아팠을 거야."

영분이가 떠난 뒤 송화는 할머니가 왜 무당이 되었는가 할아버지와는 왜 헤어졌는가를 듣게 되었다.

"어떤 이야기일까?"

할아버지와 할머니의 길이 엇갈리게 되는 사이에 6.25전쟁이 일어나 38선이 그어지고 두 사람은 헤어지게 되었다. 그리고 산 속에서 송화의 삼촌을 낳다가 내림굿을 받게 되어 할머니는 무당이 되었다. 그런데 할머니의 아들 봉동이는 나쁜 친구를 사귀고 할머니가 무당인 것과 가난이 싫어 가출을 했다.

어느 날 할머니가 집 앞에서 한 아이를 보았는데 그 아이가 송화이고 할머니는 이 아이는 봉동이가 두고 간 것이라고 생각했다.

"이렇게 슬픈 일을 겪으면서 힘들게 살아가는 마음이 얼마나 괴로울까?"

나는 이 책을 읽고 가난하다고 또 어머니의 일이 천하다고 해서 봉동이가 가출한 것은 정말 잘못한 일이라고· 생각했다.
그래서 가족은 서로 사랑하고 서로 도와주어야 한다는 것을 알
게 되었다. 나는 봉동이가 가출해서 사장이 되어 온 것이 다행
이라고 생각했다.

할머니와 아버지가 함께 한 마지막 굿의 소원이 이루어져 통
일이 되어서 이산가족이 없어지고 행복하게 서로 도우며 사는
세상이 되어야 한다고 생각했다.

따옴표를 이용하여 대화 글을 쓰는 방법을 좀더 공부해야겠습니다.
표시된 부분을 모두 풀어서 써야 합니다. 책을 읽고 주제를 잘 찾아 적
었으며 중간중간에 자기의 느낌을 솔직히 쓴 것이 돋보입니다. 할머니
와 아들 동봉이와의 갈등과 분단의 아픔을 좀더 자세히 썼더라면 더 좋
은 독서감상문이 될 수 있었겠습니다.

나리와 장미꽃
−'떡볶이 반장 중 선생님의 꽃'을 읽고−

금오 3 이우정

이 책은 김상삼선생님께서 지은 책으로 한 책에 여러 가지 내용이 들어있습니다. 출판사는 한국독서지도회이며 학원을 다니며 친구들과 함께 읽게 되었습니다.

선생님 댁에는 여름이 되자 장미꽃 대궐로 바뀌었습니다. 그리고 선생님은 놀이터에도 장미를 심고 똑같이 정성껏 가꾸었습니다. 하지만 놀이터 장미는 사람들이 꺾어가서 여름에 놀이터에서는 장미를 보지 못했습니다. 선생님은 누가 꺾어 가는지 궁금해서 장미꽃을 지켰습니다. **보니** 선생님 반의 나리였습니다. 선생님은 그 자리에서 나리에게 말하지 못하고 그냥 학교로 갔습니다.

나리가 사실대로 말해서 선생님은 남의 집 꽃을 꺾는 것도 나쁜 일이라고 나리의 생각을 고쳐주었습니다. 그래서 나리는 자기의 잘못을 뉘우쳤습니다.

꽃 한 송이도 꺾지 말아야겠습니다. 또 잘못을 하면 자기의 행동을 반성하고 나리처럼 뉘우쳐야겠습니다.

선생님이 나리의 생각을 고쳐 주었다고 했는데 나리의 생각이 무엇인지 분명하게 나타나 있지 않습니다. 표시된 부분은 '장미를 꺾어 간 사람은' 이라고 하는 것이 글의 뜻을 더 분명히 하겠지요.

엄마, 쓸 게 없어요

송화의 기쁨과 슬픔
-'달님은 알지요'를 읽고-

구미 4 김경란

　선생님께서 이 책은 순수한 우리말이 많이 들어 있다고 하셔서 호기심도 생기고 재미있을 것 같았다.

　나는 주인공 송화가 참을성이 많다고 생각되었다. 왜냐하면 무당 할머니와 단둘이 살면서 친구에게 놀림을 받아도 참으면서 지냈기 때문이다. 할머니와 할아버지는 전쟁 전에 길이 엇갈려 헤어지게 되었다. 나는 이 부분을 읽고 전쟁이 일어나지 않았으면 하고 생각되었다. 남북분단과 전쟁으로 이산가족이 많이 생겼으니 말이다.

　할머니는 무당이 되고 송화 아버지는 가출을 했다. 얼마 후 아기와 편지가 송화네 마루에 놓여 있었다. 그 아기가 바로 아빠가 몰래 놓고 간 송화였다. 송화는 할머니와 외롭게 지내다가 영분이라는 아이와 비밀을 나누며 친구가 되었다. 송화와 영분이는 서로에게 없어서는 안 될 소중한 친구였다.

　그러나 영분아버지가 술에 취해 미나리꽝에 빠져 죽고 난 뒤 영분이는 엄마를 따라 서울로 가게 되었다. 눈물을 글썽거리며 참는 송화가 불쌍하였다. 친구라고는 영분이 밖에 없었는데… 그 뒤 서로는 편지를 나누며 지냈다.

　어느 늦은 겨울날 학교에서 돌아오던 송화는 봉고 차를 탄 아저씨가 조심스레 송화 집을 향하여 가고 있는 걸보고 가슴이 찌르르 이상한 예감이 들었다. 다름 아닌 송화의 아빠였다. 결국 송화의 아버지가 장난감 공장 사장이 되어서 돌아와 인천에 있는 고층 아파트로 이사를 갔다.

가난에서 벗어나려고 가출을 한 송화 아빠가 이해되지 않았지만 나중에 돌아와서 용서를 빌었기 때문에 다행이라고 생각하였다. 송화가 아버지, 할머니와 함께 오래오래 행복하게 살기를 마음속으로 빌었다.

내용 중간 중간에 경란이의 느낌을 잘 썼습니다. 또 동기도 자연스럽게 썼으며 등장인물의 행복을 비는 것으로 자연스럽게 끝맺음했습니다. 전체적으로 글의 구성이 탄탄합니다.

엄마, 쓸 게 없어요

고마운 우산
—"아이쿠나 호랑이" 중에서 '사랑의 우산'을 읽고—

형곡 4 노민아

이 책을 지으신 윤태규 선생님께서는 농촌과 산촌의 생활을 이해하여 그들과 함께 살아가려는 마음을 갖게 되고 시골 어린이들은 꿋꿋한 용기와 자랑을 가질 수 있다는 것을 보여 주려고 이 글을 썼다. 그리고 시골 아이들이 생활하는 이야기와 일상생활에서 있을 수 있는 것들을 쓴 글이기도 하다.

어느 날, 4교시부터 비가 내리기 시작하였다. 조금 있은 뒤, 강호 어머니가 진호 우산까지 가지고 왔다. 교실에서 우산이 해결된 아이를 헤아려보니 5명이었다.

그런데 선생님은 아이들이 걱정이 되었다. 아이들이 점심을 먹지 못해서 빨리 집에 보내야 하기 때문이다. 선생님은 곰곰이 생각하였다. 조금 있은 뒤, 선생님은 좋은 방법이 생각났다. 선생님은 비료 포대 5장을 가지고 비를 맞지 않도록 아랫도리를 만들어 주었지만, 별로 효과가 나지 않았다.

아이들이 선생님을 보고

"저희들은 비를 맞고 가겠어요."

라고 말하였다. 할 수 없이 선생님은 아이들을 보내 주었다.

다음 날 아침, 선생님께서 우산을 사 가지고 와 다음부터 쓰고 가라고 하였다. 아이들이 비를 맞고 가는 것을 애처롭게 느낀 선생님이 사 오신 그 우산을 '사랑의 우산'이라 이름 지은 이야기다.

이 책을 읽고 우리 반에도 사랑의 우산이 있었으면 좋겠다고 생각했다. 그 이유는 비가 내리면 우산을 안 가져 온 아이들이 있을 때 쓰고 가면 편하기 때문이다. 이 책에 나오는 선생님은 참 고마운 선생님인 것 같고, 아이들을 잘 이해해 주는 선생님인 것 같은 느낌이 들었다.

　첫 부분에서 지은이의 작품세계를 얘기하므로써 읽는 이로 하여금 읽고 싶은 마음을 갖게 해 준 글입니다. 그런데 민아는 앞으로 책의 내용을 처음부터 끝까지 다 쓰려고 하지 말고 가장 기억에 남는 장면 하나만 쓰도록 하세요.

엄마, 쓸 게 없어요

할머니의 옛 이야기

형남 4 한지희

이 책을 읽을 때에는 옥춘당, 보꾹 등 고유한 말이 많아서 읽기 어려웠다. 이 책의 주인공인 송화는 시골에서 살고 할머니께서 무당이어서 까다로운 생활태도가 우리와 다르다.

송화 할머니께서는 12살의 나이로 결혼하였다. 5학년밖에 되지 않은 나이로 결혼해서 나는 이상하다는 생각이 들었다. 송화의 할머니는 송화의 할아버지를 따라 서울로 가서 송화의 아버지 봉동이를 낳고 38선을 넘어서 남한으로 갔다.

그런데 할아버지께서 북한으로 가게 되어 길이 엇갈리게 되었다. 나는 '할머니께서 조금만 더 기다리시지.'

하고 안타까워하였다.

남한으로 건너 간 할머니는 만신이를 만나 무당이 되고 봉동이는 무당이 된 할머니가 싫어 집을 나간다. 할머니께서는 혼자서 쓸쓸하게 사시게 되었다. 할머니께서는 왜 무당을 하셨을까? 다른 일을 하셨으면 송화의 아버지가 집을 나가지 않았을 텐데 말이다.

봉동이는 커서 송화의 아버지가 되어 갓난아기인 송화를 집 앞에 놔두고 몰래 사라졌다. 송화는 아빠가 없어도 할머니와 꿋꿋이 산다. 우리 집에는 부모님과 오빠와 내가 한 가정을 이루며 행복하게 사는데… 송화가 불쌍해졌다.

나중엔 송화의 아빠가 집으로 돌아오신다. 송화 아빠는 왜 송화를 집 앞에 놓고 몰래 갔을까? 나는 이해되지 않았다. 송화

아빠가 송화를 놓고 갈 때 집으로 들어가 말이라도 하고 집에서 좀 쉬다가 가면 할머니의 걱정이 덜 할 것 같은데…

나는 진정한 효란 돈으로 하는 것이 아니라 부모님 걱정을 덜 시키고 기쁘게 해 드리는 것이라고 생각한다. 여기 송화 아빠의 행동은 진정한 효가 아니라고 생각한다.

송화와 송화아빠가 할머니께서 무당인 것을 싫어하자 할머니는 통일 굿으로 무당을 그만두시고 송화는 아빠와 할머니와 함께 행복하게 산다. 앞으로 통일이 되어 할아버지께서 오셔서 송화의 가족이 더욱 행복해졌으면 좋겠다. 그래서 송화에게 찾아온 행복이 깨지지 않았으면 좋겠다.

줄거리 요약을 잘 했습니다. 글 중간 중간에 할머니나 송화의 행동에서 지희의 안타까운 감정을 잘 표현했습니다. 그런데 제목을 두 줄로 해서 원래의 책제목이 나타나도록 하여야 합니다. 자신의 생각을 풍부하게 표현하는 글이 좋은 글입니다.

엄마, 쓸 게 없어요

늑대 곁에서 자란 인간 모오구리
-'늑대 소년 모오구리'를 읽고-

형곡서부 3 장민호

이 책은 어느 소년이 늑대 곁에서 자라는 이야기를 쓴 책이다. 이 책은 동화나라 출판사에서 펴내었고 키프링 선생님께서 지으셨다.

어느 날 정글에 아이가 나타났다. 시아칸이 아이를 잡아먹으려고 그 아이를 쫓고 있었다. 시아칸은 인간의 새끼를 돌려달라고 했지만 아빠 늑대는 쉽게 돌려주지 않았다. 엄마 늑대는 시아칸의 앞을 가로막고 섰다. 엄마 늑대는

"'물러서지 않으면 우리 편 늑대들을 모조리 불러 올 테다."
하며 시아칸을 내쫓아 보냈다.

엄마 늑대와 아빠 늑대는 이 아이에게 개구리처럼 몸이 매끈하다고 '모오구리'라는 이름을 지어주었다. 나는 모오구리가 늑대들 사이에서 잘 컸으면 좋겠다고 생각했다. 다행히 인간의 아기인 모오구리는 네 마리의 늑대늘이랑 친구가 되어 아주 잘 지냈다.

하지만 시아칸은 끝까지 모오구리를 잡아먹으려고 하였고 이런 시아칸을 모오구리가 마을로 가서 구해 온 불로 혼을 내주었다. 정글을 어지럽히는 시아칸이 정글의 규칙을 잘 지켰으면 좋겠고 정글의 질서를 어지럽히지 않았으면 좋겠다.

모오구리는 시아칸을 혼내고 마을로 내려가 적응하지 못했다. 그렇지만 나는 모오구리가 마을에서 살아야 한다고 생각한다. 이유는 사람으로 태어났기 때문에 사람들이 하는 생활을

해야 하기 때문이다. 정글에서 같이 살았던 늑대들이 인간인
모오구리를 사랑하는 것에 감동을 받았다.

줄거리와 느낌을 떼어놓지 않고 섞어서 쓴 독서감상문입니다. 모오구
리를 사랑하는 늑대들에게 감동을 받았다고 했는데 구체적으로 어떤 감
동인지를 썼더라면 더 좋았겠습니다.

엄마, 쓸 게 없어요

'몽실언니'를 읽고

광평 6 이지선

저는 이 책을 읽으면서 전쟁이 우리에게 준 피해와 가장 슬펐던 대목 그리고 가장 비인간적인 대목을 찾아보았습니다.

저는 아직 전쟁이란 것을 겪어보지 못해 전쟁이 우리에게 준 피해에 대해서는 잘 알지 못했습니다. 그러나 이 책을 읽으면서 조금이나마 알게 된 것 같습니다.

전쟁이 몽실이네 가족에게 준 피해는 몽실이의 아버지와 동네 남자들을 군인으로 끌고 간 것이다. 또 몽실이가 사는 마을에 인민군이 들어 왔을 때 인민군을 도와주었다는 이유로 죄없는 사람들을 죽이곤 했다. 난 이런 대목을 읽으면서 군인들이 너무했다는 생각도 했다.

내가 '몽실언니'란 책을 한 줄 한 줄 읽을 때마다 나에겐 슬픈 대목이 너무 많았다. 그 중에서도 몽실이 부모님이 모두 돌아가시고 어린 몽실이 혼자서 동생 난남이를 키우며 살아가는 대목이 무척 슬펐나. 9살이 된 몽실이 혼자서 어린 동생을 데리고 살아간다는 것이 불쌍했고 지금 13살인 내가 그 처지에 놓였더라면 몽실이처럼 살아가진 못했을 것이다.

그리고 자선병원 앞에서 아버지가 쓸쓸히 죽음을 맞이하게 되었을 때도 슬펐다. 아버지 정씨가 몽실이에게 잘 대해준 것은 없지만 그래도 누구의 도움도 받지 못하고 추운 날씨에 죽음을 맞는다는 것이 왠지 슬프게 느껴졌다.

또 몽실의 새아버지인 김씨가 밀양댁과 몽실이를 같이 밀어 몽실이가 다리 병신이 되었을 때가 가장 비인간적인 대목이라 생각한다. 몽실이가 다리 병신이 된 것은 그렇다고 하지만 김 씨는 몽실이가 어떻게 되었는지 신경도 써 주지 않아서 그렇게 생각한다.

여러 가지 어려운 상황이 몽실이에게 닥쳐도 몽실은 끝까지 그 어려움을 잘 극복해 나갔다.

줄거리보다는 느낌 위주로 쓴 독서감상문입니다. 줄거리도 중요하지만 이렇게 자신의 느낌을 쓸 수 있어야 합니다. 시작 부분에서 책을 읽으면서 스스로 관심 있었던 것이 무엇이었나를 소개해 읽게 된 동기를 대신 한 것이 특징적입니다.

엄마, 쓸 게 없어요

전학온 아이

형곡 3 김락현

그래서 찬이는 명출이를 뒤따라가서 불렀지만 아무 대답도 하지 않았습니다. 그래서 자꾸만 따라가니 집이 나왔습니다. 그것은 명출의 집이었습니다. 그래서 찬이는 몰래 창문으로 들여다보았습니다. 명출이 어머니는 매우 아파하셨습니다. 그래서 찬이는 도저히 못 견뎌서 집으로 돌아갔습니다. 다음날이었습니다. 학교에서 명출이를 보았습니다. 명출이에게 말을 하려고 했지만 아이들이 알까봐 말을 하지 못했습니다. 그런데 명출이가 찬이에게 와서 미안하다고 사과를 했습니다. 사실은 가난하다고 다 말을 했습니다.

"어제 내가 니 뒤따라갔어."

"내가 너를 속여 미안해. 다음에는 거짓말 안할게. 용서해 줘. 찬이야."

하고 말했습니다. 그래시 찬이는 괜찮다고 말했습니다. 그래서 우리 반 아이들에게 사과를 하고 사이좋게 지내게 되었습니다.

이 글은 읽은 책의 뒷이야기를 꾸민 것입니다. 대화 글 사용하는 것을 좀 더 신경 썼더라면 좋았겠습니다. 이야기의 흐름이 아주 자연스럽습니다. 제목에서 '모래성을 읽고'라고 책 제목을 밝히는 것이 좋습니다.

엄마 곰의 사랑

형남 2 원준연

옛날에 어느 동굴에 엄마 곰, 아기 곰 가족이 둘이만 살고 있었어요. 어느 날 아기 곰은 놀고 싶어서 밖으로 나갔어요. 엄마는 걱정을 했어요. 아기 곰은 아주 깊은 숲으로 들어갔어요. 엄마 곰도 따라 갔어요. 그때 사냥꾼이 총을 한 번 쐈어요. 엄마 곰은 깜짝 놀라서 아기 곰이 있는 곳으로 뛰어 갔어요. 엄마 곰은 숨어서 사냥꾼이 있는 곳으로 살금살금 갔어요. 엄마 곰은 사냥꾼의 총을 빼앗아서 개울가에 던졌어요. 그리고 엄마 곰은 그 사냥꾼을 때렸어요.

엄마 곰은 아기 곰을 끌어안았어요. 그리고는 다시는 깊은 숲에 가지 말라고 몇 번이나 말했어요.

이 글은 제목을 같이해서 내용을 자기 나름대로 상상하여 꾸며 쓴 글입니다. 책 읽고 줄거리 요약과 느낌만 쓸려고 하지 말고 준영이처럼 이야기를 꾸며 보세요. 책읽는 재미가 더 좋을 것입니다. 엄마의 사랑을 충분히 느낄 수 있는 이야기입니다. 아기 곰은 정말 행복하겠군요.

엄마, 쓸 게 없어요

엄마 곰의 사랑

도산 2 하지웅

아기 곰과 엄마 곰이 다정하게 이야기를 하면서 걸어가고 있었습니다. 길을 가다가 그만 아기 곰이 사냥꾼이 쳐 놓은 그물에 걸려 버렸습니다.

"엄마, 엄마, 살려줘요."

라고 외치자 엄마 곰은 어떻게든 아기 곰을 구해 내야겠다고 생각했습니다. 그래서 엄마 곰은 나무에 금을 내어서 나무 위로 올라가 줄을 끊어 버렸습니다. 아기곰은 엄마 곰의 도움으로 그물에서 빠져 나왔습니다.

그리고 다시 이야기를 하며 걸어갔습니다.

간단한 글이지만 재미있게 잘 표현했습니다. 이야기의 위기와 위기해소가 명확하며 하나의 사건으로 통일성있게 잘 썼습니다. 아기 곰을 구하기 위한 엄마 곰의 지혜가 잘 표현된 글입니다.

'옹고집전'을 읽고
—욕심 많은 짱구—

금오 4 나성길

○○학교 ○학년 ○반 이 짱구라는 아이가 있었다. 이 아이는 욕심이 많았다. 그 뿐만 아니라 힘이 세서 아이들의 돈을 빼앗고 꼭 자기가 더 좋은 것을 하려고 했다. 참지 못한 여러 아이들이 5명이나 짱구의 괴롭힘에 참지 못해 전학 갔다. 반 아이들은 그래서 작전을 생각했다. 영수의 생일에 짱구를 초대해 작전을 개시했다. 짱구는 생일잔치에 갔는데 분위기가 이상했다. 갑자기 물에 미끄러지고 아이들이 나타나 물통의 물을 뿌린 다음 아이들 15명 정도가 나와 짱구를 공격했다. 아무리 힘센 짱구라도 꼼짝도 못했다. 짱구는 창피해서 집에 밤 12시가 되어 돌아갔다.

가족은 짱구에게 무관심하고 있었다. 짱구가 가는데 아이들이 변장해 유령처럼 꾸몄다. 그 유령은 영수의 형 정수였다. 유령이 나타나자 짱구가 덤볐다. 그러나 싸움의 천재 정수형이다. 짱구는 진짜 유령인 줄 믿고 있었다. 유령이 아이들을 괴롭히면 다신 가만히 두지 않겠다며 사라졌다. 그날부터 짱구는 꼼짝도 못했다. 짱구는 이젠 외톨이가 되어 아무 것도 하지 않았다. 아이들이 그걸 불쌍하게 여겨 친구들이 짱구를 도와주었다. 어느새 짱구랑 아이들은 친해졌다. 짱구도 이젠 욕심을 부리지 않고 공부를 열심히 하였다. 가족들이 그런 짱구를 보자 점점 짱구에게 관심을 가졌다. 그래서 짱구는 아이들과 사이좋게 지내고 착한 짱구가 되었다.

'옹고집전'을 읽고 옹고집과 비슷한 성격의 짱구를 주인공으로 해서
이야기를 다시 쓴 것입니다. 욕심쟁이 짱구는 친구들에게 혼이 난 후 착
한 짱구가 되었군요.

천국의 소년

도산 1 최승희

옛날에 '안네'라는 소년이 살고 있었습니다. 그 소년은 가난해서 학교에도 못 가고 집에서만 있었습니다. 그 소년은 친구가 없어서 매우 심심했습니다.

"그래, 나도 이제 나가서 놀거야."

하고 마음 속으로 생각하며 뛰어갔습니다. 그 소년은 얇은 것을 입었기 때문에 몹시 추웠습니다. 그 때는 겨울이었거든요. 그래서 소년은 말했습니다.

"아이, 추워."

그래서 소년은 집으로 들어갔습니다. 집에서 달리기를 하다가 그만 "우당당탕 쿵쾅." 하는 소리가 들렸습니다. 그것은 안네가 집에서 달리기를 하다가 베개에 걸려 넘어지는 소리였습니다. 안네는 집에서 약을 바르고 잤습니다.

아침에 일어나 보니 베개 밑에 커다란 선물이 있었습니다. 산타할아버지께서 주신 선물이었습니다. 안네는 좋아서 오래오래 착하고 행복하게 살았습니다.

여러분들도 착한 마음을 가지고 착한 일을 많이 하면 이번 성탄절에는 선물을 꼭 받을 수 있을 거예요.

저학년인데도 불구하고 이야기를 잘 정리하였습니다. 그러나 승희의 느낌이 빠져서 아쉽습니다. 안네가 어떤 착한 일을 했는지도 썼으면 좋겠습니다.

엄마, 쓸 게 없어요

4. 주장하는 글

일본의 망언에 대해서
─동아일보 1995년 6월 6일 신문사설을 읽고─

형곡 5 진민주

요즘 일본에서는 잊혀져 가던 한 역사를 기억나게끔하여 국민들의 분노를 사고 있다. 그것은 바로 일본이 우리 나라를 침략, 강제적으로 나라를 다스렸던 일이다. 하지만 일본은 이 진실을 왜곡하여 자신들은 우호적으로 정당히 우리 나라와 조약을 맺었다고 우기는 것이다. 우리 국민들의 가슴 깊이 상처를 주었던 그 일을 그 역사를 뒤바꾸려 하고 있는 것이다.

이것은 터무니없는 거짓이다. 평소 우린 일본에게 불만을 품고 있었다. 그런데 이 일로 하여금 더 큰 불만을 우리에게 안겨 주었다. 자신들이 우리 나라를 침략했었다는 것은 곧 우리 나라가 일본보다 약하다는 것을 강조하는 것이 아닌가. 난 평소에도 일본을 좋게 생각하고 있지는 않았다. 그런데 이 일로 하여금 더 큰 미움을 갖게 되었다.

일본은 정말 뻔뻔하다. 비록 우리는 일본보다 나라도 작고 발달도 뒤쳐졌지만 치사하지는 않다. 이런 면으로 미루어 볼 때 일본이 우리 나라보다 작게 느껴질 때도 있다. 난 작다고는 하나 일본에 사는 것보다 현재 우리 나라에 사는 것이 백배, 천배 낫다고 생각한다.

본론에서 문장의 연결이 잘 되지 않고 있습니다. 그리고 마지막 문장은 아무 근거도 없이 민주의 개인적인 감정을 썼는데 공감이 가지 않습니다.

엄마, 쓸 게 없어요

낙동강을 살립시다.

송정 3 윤종수

낙동강이 더럽혀지고 있다고 합니다. 낙동강은 우리 고장을 지나는 큰 강입니다. 낙동강이 더러워지면 물고기들이 죽어가고 우리들은 깨끗한 물을 마실 수 없습니다. 그리고 해마다 낙동강을 찾던 철새들도 보기 힘들어집니다.

작년 어느 일요일에 보았던 일입니다. 가족들과 금오산에 갔었습니다. 산골짜기 물이 내려오는 도랑이 있었는데 어떤 아저씨가 도랑에 쓰레기를 버리는 것을 보았습니다. 이 쓰레기가 썩어서 맑은 물을 더럽게 할 것입니다.

이 골짜기 물은 낙동강으로 흘러 들어갑니다. 우리는 이런 짓을 하지 말아야겠습니다. 이러한 작은 행동들이 크게는 낙동강을 더럽게 하는 것입니다. 또 우리 엄마들이 함부로 버리는 음식찌꺼기도 강물을 더럽히게 됩니다. 그래서 낙동강을 살리는 방법은 어려운 것이 아니고 우리가 이런 작은 일부터 실친해야 된다고 생각합니다.

또 낙동강을 살려서 우리에게 좋은 점을 말해 보겠습니다.

첫째는 깨끗한 물을 마실 수 있습니다.

둘째는 물고기들이 자유롭게 잘 살 수 있습니다. 그리고 철마다 아름다운 철새들이 찾아와 우리를 기쁘게 해 줄 것입니다. 우리 모두 낙동강을 살리도록 노력합시다.

　　종수의 경험을 함께 얘기하면서 주장을 편 것은 설득력이 있다고 하
겠습니다. 그러나 결론 부분의 내용이 미흡합니다. 논설문의 경우, 결론
에서는 본론의 내용을 요약, 정리하고 자신의 주장을 한번 더 얘기해야
합니다.

엄마, 쓸 게 없어요

우리 문화유산에 대한 나의 생각

도량 5 박세일

우리 문화유산은 과학적이다. 특히 팔만대장경은 화재가 일어났음에도 불구하고 타지 않았으며 수천 년이 지난 지금도 썩지 않고 보존된 것도 과학적으로 만들어진 장경각의 뛰어난 구조 때문이다.

그러나 우리 문화유산에도 잘못된 점이 있다. 나라를 지키기 위해 만든 것, 즉 다른 무엇인가에 의지하려는 마음에서 만들어졌다는 점이다. 비록 나라를 지키기 위해서지만 다른 물건들에 의지하는 것은 잘못된 것이라고 생각한다.

하지만 단점보다 장점이 많다. 석굴암의 본존불상은 일본도 뜯었다가 고치지 못했다고 한다. 우리 문화 유산이 외국에 자랑스러우며 직접 손으로 깎은 조상들의 노력이 들어있는 문화재를 잘 보존해야겠다.

우리문화 유산이 과학적이라는 점과 잘못된 점을 지적하였는데 설득력이 없다. 정확한 근거를 좀 더 많이 제시하여야겠습니다.

자연보호

송정 3 신해정

자연이 없으면 우리들이 살지도 못하고 자연에서 나오는 모든 것을 얻을 수가 없습니다. 그런데도 사람들은 쓰레기를 아무데나 마구 버리고 강물을 더럽혀서 자연을 파손시킵니다. 이런 사람들에게 저는 자연이 얼마나 소중하고 중요한 것인지 가르쳐 주고 싶습니다.

저는 지난 일요일에 성주에 있는 계곡에 갔습니다. 거기에 있는 물은 깨끗한데 땅에는 과자봉지, 죽은 고기 몇 마리, 휴지 등이 여기저기 떨어져 있었습니다. 그러한 모습을 보면서 '누가 그랬을까'하는 생각이 들었고 기분이 몹시 안 좋았습니다. 그리고 이런 쓰레기를 버린 사람들은 자연을 생각하지 않고 자기만 생각하는 사람들이라고 생각합니다.

만약에 자연이 더러워지고 없어지기라도 한다면 인간은 물론 동, 식물이 살아가지 못하고 맑은 공기도 마실 수 없을 것입니다. 또 강물이 더러워지면 물도 마실 수 없고 거기에서 살아가는 물고기들이 물 위에 둥둥 떠서 죽어 갈 것입니다. 이렇게 자연이 더러워지는 이유는 공장에서 보내는 폐수와 집에서 보내는 더러운 물, 그리고 우리가 무심코 버리는 쓰레기 때문입니다.

자연을 보호하기 위해서는

첫째, 쓰레기를 버리지 말아야겠습니다. 더불어 쓰레기 분리 수거도 잘 해야겠습니다.

둘째, 합성세제를 줄여 쓰도록 노력해야 합니다. 저는 이 글을 쓰면서 자연이 없으면 동, 식물이 살지 못하고 자연을 깨끗이 하기 위해서는 쓰레기를 버리지 않고 물을 깨끗이 해야겠다고 느꼈습니다. 자연보호는 남의 일이 아닙니다. 나부터 실천해야 하는 작은 일입니다.

서론, 본론, 결론의 구성이 잘 되었습니다. 특히 겪은 일을 함께 써 줌으로써 쉽게 공감할 수 있는 글이 되었다고 봅니다.

비 오는 날 등하교길

형곡 3 추현민

비가 오는 날이면 우리 학교의 등하교 길은 아주 아주 복잡하다. 학생들을 태우고 오는 자동차만 없으면 우리들은 예쁜 우산 속에서 친구들과 재미있게 얘기도 하며 다닐텐데, 큰 소리로 빵빵대며 길옆으로 우리들을 몰아내는 자동차들이 미워진다.

횡단보도로 다니고 줄을 서서 버스를 타는 것만이 질서를 지키는 것이 아니라는 것도 선생님께 배웠다. 우리들의 등하교길에는 자동차가 다니지 말아야 하는 것도 질서를 지키는 것이라고 생각한다.

가끔 몸이 아프고 준비물이 많을 때는 나도 아버지의 차를 타고 등교한다. 하지만, 아버지께서는 우리들이 다니지 않는 골목길로 가서서 학교에서 멀리 떨어진 곳에 내려주신다. 처음엔 학교 앞까지 가지 않는 아버지가 미웠지만 얼마 전부터는 아버지의 깊은 마음을 알았다. 어쩔 수 없이 부모님들께서 자동차를 학교에 타고 오실 경우에는 우리 아버지처럼 해주셨으면 좋겠다.

질서는 우리 모두에게 즐거움과 편안함을 주는 좋은 것이다. 아버지, 어머니 여러분, 우리 어린이들에게 즐겁고 편안한 학교길이 되게 도와주세요.

질서라는 정의를 나름대로 분명히 내렸습니다. 보통 사람들이 무심코 지나치는 일들에 대해 깊이 있게 비판한 현민이의 용기를 칭찬해 주고 싶습니다. 편리를 너무 찾다 오히려 불편해지는 경우가 우리 주위에는 참 많습니다.

제3장 생각 보따리

우리 음악을 사랑하자

구미 4 정선애

예로부터 우리 악기가 전해 온 이유는 조상들이 우리 음악을 사랑했기 때문이라고 생각한다. 우리 음악을 사랑하려면 우리 음악에 대해서 알아야 한다고 생각한다. 지금부터 우리 음악에 대해 알아보자.

우리 음악은 서양 악기가 들어옴으로써 점점 사라지고 있다. 그러니 서양의 바이올린, 첼로보다 우리 나라의 가야금, 거문고 그리고 목소리로 내는 창을 배우는 것이 좋을 것 같다. 만약 우리 악기는 제쳐놓고 서양 음악만 배운다면 아마 우리 음악이 없어질 지경에 이를지도 모른다.

그렇다면 우리 음악을 사랑해야 하는 이유를 알아보자.

첫째, 서양음악보다 우리 음악이 아름답다. 서양음악도 아름답지만 우리음악을 듣다보면 흥이 나서 저절로 춤을 추고 어깨를 들썩이게 된다.

둘째, 우리 음악은 우수하다. 옛날 중국과 우리 나라가 싸우는 중에서도 동양 음악제에 초청 받을 정도로 우수하였다.

이것보다 더 많은 이유가 있지만 그 중에 두 가지만 써 보았다.

텔레비젼을 틀면 우리 음악을 연주하는 사람을 볼 수 있다. 나는 이런 분들이 자랑스럽다.

지금까지 우리 음악에 대해 알아보았다. 우리는 여기서 서양 음악보다 우리 음악이 아름답고 우수하다는 것을 알 수 있었

다. 내가 쓴 이 글로 인해서 우리 음악을 사랑하는 사람이 더
많이 생긴다면 나는 더욱 보람있을 것이다.

　서론, 본론, 결론의 문단 구분을 잘했습니다. 서론에서 우리음악에 대
해 알아 보자라고 했는데 본론에서 그 부분이 나타나지 않았습니다. 글
쓰기 전에 개요짜기를 해서 썼더라면 이런 실수는 하지 않았겠지요.

환경을 보호하자

형곡 6 김민정

요즘 우리 주변의 환경은 더러워지고 있다. 하지만 환경을 보호하려고 하는 사람은 몇몇 되지 않는다. 그러면서도 사람들은 말로만 '환경보호'를 하고 있다. 환경이 더럽혀지는 이유에는 여러 가지가 있다.

빨래를 할 때에도 세제를 이용하고 머리를 감을 때도 샴푸를 사용한다.

또 공장에서 내보내는 폐수, 자동차의 매연, 농촌에서 농약을 사용하고 사람들이 버리는 쓰레기나 휴지 등이 환경을 오염시키는 예이다.

그러므로 합성세제의 사용을 줄이고 그 대신 비누를 사용하며 태양열 자동차를 개발하여 이용하면 환경오염을 줄일 수 있을 것이다.

또 농약의 사용을 줄이고 농약 대신 다른 것을 사용하고 가정에서 나오는 쓰레기는 물기를 빼고 분리수거를 하면서 버린다.

이 밖에도 우리들이 해야 할 일은 많다. 그러므로 우리는 깨끗한 환경을 만들려고 노력해야 한다.

환경이 더럽혀지고 있는 구체적인 예와 환경오염으로 인해 우리가 입을 수 있는 피해를 써 준다면 훨씬 설득력이 있겠습니다.

엄마, 쓸 게 없어요

우리 나라의 개혁

신평 5 김시현

우리 나라에서는 현재 여러 가지 개혁이 실시되고 있다. 먼저 개혁이 무엇인지 알아보자. 개혁이란 우리 나라의 잘못된 정치나 풍습을 법에 따라 고치는 것이다. 그럼 우리 나라에서 실시하고 있는 개혁은 어떤 것이 있는가.

첫번째로 금융 실명제, 그리고 쓰레기 종량제, 토지 실명제, 역사바로세우기가 있다. 가장 최근에 일어난 역사바로세우기에는 뇌물수수 처단과 부정선거, 부정축제 적발과 처단이 있다.

그러면 개혁의 종류에 따라 하나 하나 설명해 보도록 하자.

먼저 금융실명제는 자신이 직접 가서 학생증, 면허증, 주민등록증 등으로 자신의 신분을 밝힌 후에 자신의 통장을 만드는 것이다. 이렇게 하면 자기 돈은 모두 자기 이름으로 저축되므로 돈의 양과 모은 방법을 알 수 있어 그 사람이 뇌물을 받았는지 알 수도 있고 처단도 할 수 있다.

이런 방식을 토지에 옮긴 것이 토지실넝제이다.

금융실명제와 토지실명제를 이용하여 이 사회의 큰 문제인 부정 축재를 막을 수 있어 사회의 질서를 유지할 수 있다.

작년에 시행한 쓰레기 종량제는 쓰레기가 분리 수거되어 자연 환경 오염을 줄일 수 있어 좋지만 쓰레기봉지 값이 너무 비싸 소비자들이 부담감을 느끼게 된다.

마지막으로 최근 시행되고 있는 역사 바로세우기 중에서 뇌물수수 조사는 잘 되고 있다고 본다.

　노XX, 전XX의 비자금 사건의 조사 과정을 보더라도 잘 시행되고 있는 것을 알 수 있다. 하지만 아쉬운 점이 있다면 조사가 너무 늦게 실시되었다는 것이다.

　그 다음으로 부정축재, 부정선거의 적발과 판결도 잘 되고 있다. 이번 15대 총선에서 부정 선거자들이 철저히 분간되어 적발된 것과 이때까지 적발된 부정축재자들을 보아도 알 수 있다. 나는 부정축재 적발에는 이의가 없지만 판결 때 형량이 너무 작다고 생각한다.

　아직까지는 적지만 중요한 개혁들이 나쁜 점을 고쳐서 더더욱 개발과 발전을 거듭하여 우리 나라가 좋은 나라가 되기를 바란다.

우리 나라의 개혁에 대해서 여러 가지를 썼습니다. 그런데 금융실명제나 토지실명제에 대해서 설명만 해 놓고 시현이의 생각에 빠져서 마치 설명문 같습니다. 특히 개혁의 근거로 부정축재 하나만을 들고 있기 때문에 논리적인 설득력이 약한 듯 합니다.

엄마, 쓸 게 없어요

5. 이야기 창작하기

쌍둥이

형곡 3 백나리

내게 나와 똑같이 생긴 쌍둥이 동생이 있다면…?

7시 30분…

다, 다, 다, 다-쌩-

오늘 나는 아침자습을 내야 하므로 일찍 학교에 가야 한다.

학교에 도착하자 나는 안도의 숨을 내쉬었다.

"휴"

'오늘은 일찍 자습을 낼 수 있겠구나'

했는데, 8반 아이들이

"야! 당번인데 어딜 가려고?"

하면서 나를 끌고 갔다.

생삭해 보니 내 동생은 8반이었다. 그런데 내가 동생인 줄 알고 끌고 가다니… 에라, 모르겠다. 그냥 가는 거지 뭐!

8반 선생님은 착하셨다. 나도 오늘 다른 반에서 뭐가 뭔지 몰라 죽을 맛이긴 했지만 동생은 안됐다. 자습을 안 내서 적어도 7대 맞을 걸? 난 아이스크림이나 먹고 미안하다. 동생아! 이렇게 된걸 어떻하니?

자신에게 쌍둥이 동생이 있다고 가정한 뒤에 쓴 글입니다. 동생과 반이 바뀌어 서로의 처지 또한 반대로 된 상황을 재미있게 표현했습니다.

족제비 꼬리가 붓이 된 내력

형곡 5 백인명

6.25전쟁이 끝난 후 백두산 중턱에 현수라는 청년이 쑤쑤라는 족제비와 행복하게 살고 있었다. 그는 경북 구미시 형곡동에 살았는데 전쟁을 하기 위해 압록강까지 가서 백두산으로 후퇴할 때 다리 부상인 족제비를 만났다. 정성껏 치료할 때 치료해 주고 있던 장소는 백두산 중턱이었다. 길을 잃어서 그 곳에 오두막을 짓고 족제비와 같이 살았다. 6.25전쟁이 끝나고 벌써 2년이 지났다.

현수 청년은 고향에 두고 온 소영애인이 그리웠고 걱정이 되었다. 왜냐하면 뒷집에 사는 현성이라는 청년 때문이다. 그래서 편지를 쓰기로 결심했다. 편지 도구 중 붓을 두고 온 그는 어쩔 줄 몰랐다. 그때 족제비는 '주인님을 위해 내 꼬리 깃털 하나를 바치자'라고 생각하며 꼬리를 내밀었다. 현수 청년은 "미안하다."라고 말하며 편지를 썼다. 그리고 족제비에게 편지를 전해 줄 것을 부탁하였다.

족제비는 주인의 부탁을 들어주기 위해 집을 떠났다. 금강산, 설악산을 넘어 겨우겨우 다섯 달하고 반개월이 지났다. 족제비는 편지를 전해주고 먹을 것을 찾아 먹었다. 편지를 받아 본 소영애인은 눈물을 흘리며 편지도구를 찾았으나 그녀 역시 붓이 없었다. 또 다시 족제비의 꼬리털을 뽑아 쓰게 되었다. 그리고 또 현수청년에게 전달하기 위해 족제비는 달렸다.

1년 후 족제비의 꼬리털이 없어졌다. 하지만 길이 좋아서 아직까지도 족제비 꼬리 붓이 유명하다.

　재치가 있는 글입니다. 족제비 꼬리로 만든 붓이 유명하다는 것에 착
안하여 이야기를 재미있게 꾸몄습니다. 등장 인물의 선택도 잘 되었습
니다.

뭉치가 줄넘기를 한 이야기

형곡 2 이준우

나야, 뭉치도깨비야. 나는 어제 보람이와 외식을 갔어. 나는 배가 불러서 집으로 돌아왔어.

아침에 일어나 보니 어제 외식에 가서 너무 많이 먹어서 배가 뿔룩해졌어. 나는 주문을 외웠어. 미리미리 작아져라. 짜짜짜짜 작아져라. 딩동딩동 작아져라. 아무리 해도 소용이 없었어.

그래서 나는 보람이를 불렀어.

"왜 그래?"

내가 이렇게 말했어.

"배가 작아 질려면 어떻게 해야 돼?"

그래서 보람이가 줄넘기를 하라고 했어. 보람이가 그때 줄넘기를 내 몸에 맞게 만들어 주었어. 나는 그걸 많이 하니 배가 다시 작아졌어.

책을 읽고 나서 배경을 바꾸어 나름대로 상상하여 글쓰기를 하면 재미도 있고 사고력을 키우는데 많은 도움이 됩니다. 너무 많이 먹어 뿔룩해진 배를 줄넘기로 다시 작아지게 했다는 재미난 상상을 했습니다.

저승에 간 흥부와 놀부

형곡서부 3 송영찬

흥부와 놀부는 죽어 저승으로 가 처벌받기 위해 법원으로 갔습니다. 먼저 놀부가 처벌을 받게 됐습니다. 그래서 재판장이 망치를 두드리며 말했습니다.

"너는 나쁜 짓을 했으니 벌을 받아야 한다."

"아니에요. 저는 흥부를 도왔어요."

재판장이 대답했습니다.

"이 놈이 거짓말을 해? 여봐라 이 놈을 지옥처럼 무서운 감옥에 넣어 두어라."

흥부가 말했습니다.

"안됩니다. 형은 나쁜 짓도 안하였습니다."

"그럼 놀부는 일년 반, 흥부는 한달 반, 그러니 이제부터 둘 다 지옥에 가시오."

"야! 임마 너희들 빨리 안 일어서? 빨리 나 따라와, 빨리 이쪽으로 들이가 빨리. 이 나쁜 놈아, 야! 너는 인생에 도움이 안 돼."

흥부와 놀부는 며칠 뒤 싸우게 되었습니다. 그래서 재판장이 흥부를 법원에서 나가 살라고 하여 흥부는 밖으로 나가 살고 놀부는 사형을 받게 되었습니다.

그때, 흥부가 말하였습니다.

"형이 사형 당하면 저도 죽겠습니다."

그래서 재판장이 할 수 없이 흥부의 착한 마음에 놀부도 다시 세상으로 나가게 했습니다.그래서 흥부와 놀부는 오순도순 잘 살았습니다.

흥부전을 읽고 독서감상문 대신에 상상하여 글쓰기를 한 것입니다. 흥부와 놀부가 저승에 가서 겪는 이야기를 자세하게 잘 적었습니다.

엄마, 쓸 게 없어요

뭉치가 하수구에 빠진 이야기

도산 2 장한글

뭉치가 집으로 가는 길에 먼 산을 보다가 하수구에 빠졌어. 기어올라오려고 하는데 미끄러워서 잘 되지 않았어. 그런데 사다리가 있어서 사다리 있는 쪽으로 올라갔어.

겨우 밖으로 나왔는데 거울을 보니까 눈에 멍이 들어 있었어. 이제 부터는 먼 산을 보지 않고 잘 걸어 가야겠어.

한글이는 하수구라는 특별한 장소를 선택했군요. 한글이는 글을 자세히 쓰는 습관을 들여야겠습니다. 이 글에서 뭉치는 '하수구'를 처음 보았을 것이므로 뭉치가 본 하수구의 모습이나 또 뭉치가 하수구에 빠졌을 때 당황하는 모습 등을 썼더라면 더 좋았겠지요.

토끼네 학교의 소풍

형남 5 정다운

어느 동물나라가 있었습니다. 그런데 그 동물나라는 남과 북으로 분단되어 있었습니다. 동물나라는 가난하고 힘이 약했습니다. 그 밖에도 이산가족 문제, 전쟁의 공포 등 여러 가지 문제점들이 있었습니다. 북쪽에서는 주로 사냥을 가르쳤습니다. 그래서 사냥이라면 세계 어느 나라에도 뒤지지 않을 만큼 잘했습니다. 그러나 남쪽에서는 부지런히 일을 해서 잘 사는 나라로 만들었습니다.

그런데 이게 웬일일까요? 평화스러운 남쪽이 아주 소란스러워 졌습니다. 아기 토끼 두 마리가 없어진 것입니다. 그러던 며칠 후 아기 다람쥐 두 마리가 또 없어졌습니다. 그것을 휴전선을 지키던 곰대장이 보게 되었습니다. 북쪽 늑대의 소행이라는 것이 밝혀졌습니다.

그 일로 남쪽의 동물들은 회의를 열었습니다. 먼저 토끼가 말하였습니다.

"지금 북은 우리보다 살림이 어렵습니다. 그러니 북쪽에 쳐들어갑시다."

다람쥐도

"찬성이오. 우리가 피해를 당했으니 북쪽에 보상을 받아야겠소."

하고 말했습니다. 그러나 가만히 듣고만 있던 곰은 이렇게 말했습니다.

엄마, 쓸 게 없어요

"물론 토끼와 다람쥐의 마음을 이해는 하겠습니다. 하지만 우리가 아기토끼와 다람쥐를 보상받기 위해 쳐들어간다면 우리는 북과 무엇이 다르겠습니까? 지금 북은 식량이 모자라 그런 짓을 한 것일 겁니다. 그러니 북에 식량을 보내주고 착하게 살도록 권유해 봅시다!"

그리하여 남쪽에서의 회의는 북쪽에 식량을 보내주고 착하게 살도록 권유해 보기로 결정이 났습니다.

처음으로 남쪽대표 곰과 북쪽대표 이리가 만났습니다. 남쪽대표 곰은 북쪽대표 이리에게 말했습니다.

"우리 이렇게 지내느니 북쪽에 부족한 식량을 보태어 줄 테니 한 나라로 만들어 힘이 센 나라로 만드는 것이 어떻겠소?"

그러나 이리는 고개를 흔들며 반대했습니다.

곰은 다시 한번 이리에게 말했습니다.

"지금 우리가 갈라짐으로 해서 여러 가지 문제가 일어나고 있습니다. 가장 큰 문제는 이산가족 문제입니다. 우리 남만 해도 염소 할아버지께서 아들을 북에 두고 오시고 다람쥐 아저씨가 부모님을 북에 두고 와 눈물로 세월을 보내고 있습니다. 그리고 언제 일어날지 모르는 전쟁 때문에 우리 동물들은 공포에 떨고 있습니다. 그러니 우리가 빨리 통일이 되어야 하지 않겠습니까?"

그러나 이리는 마찬가지로 고개를 흔들며 반대를 했습니다. 곰은 몇 번이나 이리를 설득시키려 했지만 이리는 막무가내였습니다.

곰은 이번이 마지막이라고 생각하고 말했습니다.

“우리 남쪽은 동물들이 밭을 갈아서 곡식을 가꾸고, 공장을 지어 잘 살고 있습니다. 먼저 우리 남쪽을 방문해 보고, 우리 남쪽도 북쪽을 방문해 보고 다시 생각해 보는 것이 어떻겠습니까?”

곰의 말에 의해 서로의 나라를 방문해 보기로 했습니다.

그로부터 한달 후 드디어 이리는

“좋소. 대신 완전한 통일은 아니오. 그러나 편지나 전화는 주고 받을 수 있고 마음껏 오갈 수 있도록 하겠소.”

하고 말했습니다. 이제는 마음껏 드나들 수 있도록 되었습니다.

오늘은 남쪽의 토끼 학교가 소풍을 가는 날입니다. 소풍은 금강산으로 간다고 합니다.

우리 나라의 분단 현실을 동물들에 비유하여 잘 썼습니다. 북한도 이리처럼 편지나 전화라도 주고 받을 수 있게 하면 좋겠지요.

엄마, 쓸 게 없어요

상아와 운동화

신기 3 이선아

상아라는 아이가 있었어요. 상아는 새 물건만 좋아하였어요. 어느 날 상아는 친구의 새 운동화를 보았어요. 상아는 새 운동화가 무척 갖고 싶었어요. 그래서 상아는 엄마께 졸랐어요.

"엄마, 새 운동화 사 주세요. 엄마."

"상아야, 지난주에 사 준 파랑색 운동화가 아직 낡지도 않았는데 왜 새 운동화를 사니? 엄마가 다음에 사줄게. 응."

그래도 상아는 엄마께 졸랐어요. 상아는 엄마께 조르다가 잠이 들었어요. 상아는 꿈을 꾸었어요. 상아의 꿈에 상아는 맨발로 산길을 걷고 있었어요.

"아얏. 이게 뭐야, 유리조각 아냐. 뭐 신을 신발이라도 없을까?"

상아는 아픈 발을 주무르면서 길을 걷다가 빨강, 파랑운동화를 보았어요. 상아는 빨강 운동화에게

"빨강운동화야. 너는 내 아픈 발을 신겨 주겠니?"

그러자 빨강운동화는

"안돼, 나는 내 주인이 칼로 찢어 놓아서 상처가 얼마나 많은지 아니? 너도 그럴 것 같아서 못 신겨 주겠어."

할 수 없이 상아는 파랑운동화에게

"파랑 운동화야, 너는 내 아픈 발을 신겨 주겠니?"

그러자 파랑운동화는

"네 상아아가씨, 기꺼이 신겨 드리지요."

하고 말하였어요.

그때였어요. 엄마의 목소리가 상아를 깨웠어요.

"상아야, 운동화 사러가자."

상아는 얼른 일어나서 파랑색 운동화를 꺼내들고는

"엄마, 저 운동화 사지 않아도 돼요. 저에게는 파랑색 운동화
가 있잖아요."

하고 말하였어요.

상아엄마는 상아의 말에 어리둥절하였어요.

마치 할머니께 옛날 이야기를 듣는 것 같습니다. 새 운동화를 갖고
싶어하는 우리들의 마음을 잘 파악해서 이야기를 꾸민 것 같습니다.

엄마, 쓸 게 없어요

행복한 소나무

도산 5 박세일

"훌쩍 훌쩍"

럭키전원맨션 뒷산에 있는 소나무 한 그루의 울음소리로 뒷산 나무들은 모두 일어났어요.

"야, 임마 하루의 피로를 씻는 저녁에 왜 우냐?"

"맞아, 너 때문에 모두 피해를 보잖아. 배부르게 먹고 자는데 깨우다니 젠장."

나무와 모기가 불평을 했습니다.

"미안해, 너무 무서워서 그래."

소나무가 사과를 했어요.

"뭐가 무섭냐? 사내자식이…"

그게 아니라 내 친구 소나무들이 모두 죽음을 당했단 말야, 흑흑 "

"뭐라고."

나무들이 깜짝 놀랐어요. 그리고 그 이유를 물어 보았어요.

"무엇 때문에 죽었지?"

"어떻게 된 거야?"

모두 성급히 물었어요.

"조용 조용."

뒷산에서 연세가 제일 많으신 아카시아 할아버지가 말씀하셨어요.

"소나무야, 네 친구들이 무엇 때문에 모두 죽었는지 말해 보렴."

아카시아 할아버지가 조용히 말씀하셨어요.

소나무는 울음을 그치고

"저와 친구들은 사람들이 내뱉은 이산화탄소를 열심히 빨아들이고 산소를 뿜어냈어요. 그런데 저보다 열심히 공기를 정화시키던 몇몇 친구들이 갑자기 '우지끈'하는 소리를 내며 쓰러졌어요. 그리고 저를 제외한 모든 친구들도 쓰러졌어요. 저는 게으름을 피워 천만다행으로 살았지만 저도 내일부터 열심히 일해 친구들을 따라가겠어요."

모두 조용히 들었어요. 조금 뒤 모기도 말했어요.

"맞아 요즘은 환경이 심각해."

나무들과 모기들은 다음날 낮까지 환경에 대해 이야기를 했어요.

그런데 갑자기 '우지끈'하는 소리와 소나무가 쓰러졌어요.

"소나무야."

어제 훌쩍거리며 울던 소나무도 아침부터 공기를 정화시키다 죽고 말았어요. 소나무들은 모두 죽었지만 좋은 일을 했으니 행복할 거예요.

모기, 소나무를 소재로 한 환경동화입니다. 생각할 내용을 많이 주는 동화입니다. 인간이 더럽혀 놓은 환경 때문에 소나무가 죽어간다면 불공평한 일입니다. 소나무의 죽음이 억울하지 않게 우리의 일을 실천해야겠죠. 동화의 내용구성, 인물설정, 대화 글의 사용이 아주 좋습니다. 제목은 역설적인 표현이겠죠.

엄마, 쓸 게 없어요

작은 흙의 소원

형남 3 이재훈

옛날에 작고 보잘 것 없는 흙이 있었습니다. 그는 자기가 흔히 있는 흙이라서 아무 쓸모가 없을 것 같았습니다. 옆에 있던 나무들은 모두 다 공장으로 실려 가는데 흙은 혼자서 쓸쓸하게 남아 있었습니다. 어느 날이었습니다. 옆에 있던 나무가 말하였습니다.

"나는 집을 짓기 위해 잘려 나간다. 그러나 너는 작은 오두막 한 채도 지을 수 없지."

"…"

흙은 속으로 생각했습니다.

'나도 작은 오두막 한 채라도 지을 수 있다면…!'

그때부터 여러 날이 지나서 차들이 와서 흙을 실어 가더니 시멘트로 만들어 커다란 빌딩을 지었습니다. 그때 작은 오두막 한 채를 짓고 싶다는 소원이 커다란 빌딩을 지은 것입니다. 지금도 그 흙을 섞어서 만든 시멘트로 지은 빌딩에는 사람들이 들락 날락거리고 있습니다.

재훈이는 사물을 자세히 보고 깊이 생각했습니다. 한 줌의 흙을 가지고 이런 훌륭한 생각을 했습니다. 사실 우리는 시멘트와 콘크리트 속에 갇혀서 흙을 자세히 들여다보는 여유도 없이 지내지요.

거울 속의 탁이

신평 5 오규탁

며칠 전, 탁이는 가게에서 사탕 2봉지를 사 먹었어. 그리고 집에와서 양치를 안해서 그날밤, 충치와 아군이 한판했지. 뻐덩 뻐덩, 쿵쿠크 ----윽, 아 -----

아군들은 열심히 싸웠지만 지고 말았어. 그 다음날부터는 이빨이 너무 아팠어. 집에 있는 거울을 보았어. 그때 난 거울나라로 갔지. 거기서 이빨을 보니 충치들이 잔치를 벌이고 이빨이 엉망이었어. 매일 치과에 가고 양치를 하니 이제 괜찮아. 이런 거울나라에 오면 지금까지 사탕, 초콜렛같은 것을 먹던 아이들이 많은 반성을 할 꺼야. 나도 이 거울나라에 오고 나선 양치를 잘하여 이를 잘 간수하기로 했어.

제목이 참 재미있습니다. 거울을 이용해서 치아관리를 한 것을 재미있게 썼습니다. 그런데 '이빨이 엉망이었어'를 좀더 자세히 썼더라면 더 재미있었을 것 같습니다.

엄마, 쓸 게 없어요

토끼를 살려 준 까치와 곰

형곡 3 이창우

배가 고픈 매가 하늘을 날아다니며 먹이를 구하러 다녔습니다. 근데 절벽 앞에 토끼 한 마리가 놀고 있었습니다. 매는 '이놈 통통하고 사납게 생기진 않았군.' 하며 토끼를 덥석 낚아챘습니다.

그런데 옆 나무에 앉아 있던 까치가 놀라 곰에게 가서 이 사실을 알렸습니다.

"곰아 곰아, 저기 절벽에서 토끼가 매에게 잡혔어. 도와 줘."

"알았어. 지금 곧장 가자."

곰은 있는 힘을 다해 뛰었습니다. 이윽고 절벽에 다다랐습니다. 곰은

"약한 동물을 괴롭히지 말고 나와 싸우자."

"좋다."

곰은 달려가서 매를 절벽으로 떨어뜨렸습니다.

"으악."

매는 강물에 빠졌습니다. 매는

"이럴 줄 알았으면 약한 동무를 도와주는 건데."

라며 뉘우쳤습니다.

토끼는 곰에게 고맙다고 하였습니다.

글을 쓸 때 설명 형식으로 하지 말고 장면을 자세히 묘사하도록 하세요. 곰과 매가 싸우는 장면을 자세히 썼으면 이야기가 더 재미있을 것입니다. 또 매가 너무 쉽게 반성을 하는 대목도 고쳐 썼으면 좋겠습니다.

외로운 검은 병아리 똘이

형곡 3 이재범

옛날에, 어미 닭과 형, 누나들에게 미움을 받는 검은 아기병아리 똘이가 있었는데, 하루는 몸이 검다고 놀림을 받았습니다.

"어휴, 저녀석 똘이는 왜 저렇게 때가 끼인 듯 검지?"

"그러게 말야."

이튿날, 닭은 희고 예쁜 병아리들에게

"자! 이제 맛있는 것 먹으러 가자"

그 말을 들은 똘이는 따라갔으나, 닭이 저리 가라고 해서 똘이는 혼자 갔습니다. 그때 독수리가 똘이를 낚아 채가서 엄마 닭과 병아리들은 놀린 것을 후회하였지만 소용이 없었습니다.

똘이의 모습과 외톨이가 된 똘이가 어떤 생각을 하였는지 등을 자세히 묘사했으면 좋겠습니다. 이 이야기에서 똘이가 주인공인데 아무 일도 하지 못하고 독수리에게 잡혀가는 것으로 끝이나 이상합니다. 똘이가 위기를 극복하고 제 모습을 찾도록 썼으면 좋겠습니다.

엄마, 쓸 게 없어요

도깨비

금오 3 정병호

어느 작은 마을에 도깨비가 살고 있었는데 그 도깨비는 일년 동안 굶었기 때문에 아주 배가 고팠다. 그때 어디서 중얼거리는 소리가 들렸다. 도깨비는 창문으로 보니 그 집주인은 사과를 무척 좋아했다. 그런데 손님이 찾아왔다. 그때였다. 도깨비는 재빨리 뛰어 들어가서 사과를 가지고 나왔다. 주인이 다시 사과를 먹으려고 하는데

"아니 내 사과가 어디갔지?"

하고 놀란 목소리로 말했다. 도깨비는 빨리 산으로 올라가서 도깨비 방망이로 이렇게 말했다.

"새알 나와라 뚝딱."

그런데 이번에는 꼬마 아이로 되는 거였다. 그래서 계속하다 보니까 새알이 드디어 나왔다. 도깨비는 음식을 다 먹고 여행을 떠나기로 하고 가는데 도깨비가

"앗차 사람으로 변신해야지."

하고 바다로 가서 배를 몰래 타서 주인에게 쫓겨났다. 도깨비는 다시 도깨비 마을로 도망을 쳤다.

이야기가 엉뚱한 듯도 하고 앞 뒤 내용이 잘 연결되지 않는 듯도 합니다. 이 글은 '퉁방울 눈을 가진 깜장 금붕어(정용원 지음)'에 나오는 여러 주인공을 그려 놓은 표지 그림을 보고 그 내용을 상상해서 쓴 글입니다. 병호는 그림의 특징을 하나하나를 모두 다 이야기 속에 집어넣

"

었습니다. 그러다 보니 주제가 명확치 않습니다. 무조건 이야기를 지으
려고 하지 말고 전체적인 주제를 먼저 생각하고 이야기를 만들면 좋은
글을 쓸 수 있습니다.

엄마, 쓸 게 없어요

욕심을 부리지 말자

형남 4 김민석

옛날 숲속에 사나운 호랑이가 살았다. 그 호랑이는 **어릴 적에 엄마호랑이가 사냥 방법을 가르쳐 주었는데 그 방법은 아무리 동물이 많이 있다고 해도 한 마리만 쫓아가야 된다고 하셨다.** 그런데 이 호랑이는 엄마호랑이의 말을 귀담아 듣지 않았다. 어른이 된 호랑이는 사냥을 할 때 한 마리만 쫓아가는 것이 아니고 여러 마리를 한꺼번에 잡으려다가 실수하는 적이 많았다.

어느 날 목이 말라 물을 마시러 왔다가 동물이 많이 있는 것을 보았다. 호랑이는 물을 마시다 말고

'저기 토끼와 사슴 두 마리를 잡으면 되겠다.'

하는 생각을 갖고 토끼와 사슴을 잡다가 힘이 들어 그만 놓치고 말았다. 그래서 그 날은 물로 배를 채웠다. 그 후 계속 사냥방법을 엉뚱하게 하다가 그만 오래 살지 못하고 굶어 죽고 말았다.

재미있게 썼습니다. 끝부분에서 물로 배를 채웠다는 것이 참 인상적입니다. 표시된 부분은 문장이 너무 길고 뜻도 명확하지 않습니다. 짧은 문장으로 다시 고쳐 쓰도록 하세요. 제목을 다시 썼으면 좋겠습니다. '욕심을 부리지 말자'는 글의 주제이고 제목은 '욕심 많은 호랑이'나 '어리석은 호랑이'로 했으면 좋겠습니다.

바다의 하소연

형곡 5 배수정

나는 바다예요. 1년전에 있었던 일이에요. 갑자기 풍덩 소리와 함께 시커먼 것이 저에게 와서 마구 번져나갔어요. 그리고 이상한 냄새도 났구요. 나중에 배가 가라앉았다는 걸 알았어요. 시커먼 것은 그 배에서 흘러나온 기름이구요. 그 기름때는 서해에 번쩍, 동해에 번쩍 하다 저의 몸을 다 덮어 버렸어요. 그리고 나에게 달라붙어 많이 괴롭혔어요. 1)그리고 **심한 장난까지 쳤어요**. 물고기를 떼거지로 죽이기도 하고 양식도 파괴시키고 줄여서 말해 바다의 생태계를 모두 죽여 버렸어요. 죽은 물고기들이 저를 많이 원망하여 가슴이 찢어질 것만 같았어요. 사람 손으로 더럽혀졌던 저는 지금은 2)**마을 주민 정성으로 국민들의 정성으로 지금은** 조금씩 깨끗해지고 있지만 그 때 일은 정말 잊을 수가 없어요. 또 그런 일이 있으면 어떡할까요? 지금 저는 이 기름띠 때문에 나약해 졌고 또 다시 이런 끔찍한 일이 일어난다면 저는 영영 죽어 버릴지도 몰라요. 3)**또 바다의 생태계도 파괴되고 사람들은 해수욕도 못해요.**

저는 "이 바다는 정말 깨끗해" 하는 소리를 듣고 싶어요. 사람들은 자기들이 오염시킨 자연이 얼마나 더 큰 피해가 되어 돌아오는지 몰라요. 저도 그렇고 모든 자연에게는 생명이 있어요. 그것을 아껴주세요.

오염된 바다의 입장이 되어 환경에 대한 여러 가지를 생각하게 하고 있습니다. 이야기의 순서가 잘 잡혀 있고 글이 아주 자연스럽게 전개되었습니다. 1)은 빼내도 되겠고, 2)는 '나를 살리려는 마을 주민들의 정성과 온 국민들의 관심 속에서'라고 고치면 좋겠습니다. 3)에서는 '그러면'이라는 이음말을 넣으면 글이 더 자연스러워 지겠네요.

아기 곰

도산 1 장아영

아기 곰이 엄마 곰의 사랑을 받으며 살고 있었다. 어느 날 아기 곰은 엄마와 함께 사냥을 하고 있었다. 그런데 토끼 한 마리가 뛰어가니까 토끼를 잡으려고 엄마 곰은 달려가고 있었다. **그 토끼는 사냥꾼한테 쫓기고 있는 중이었데 엄마 곰은 모르고 달려가 토끼와 엄마 곰을 사냥꾼한테 잡혔고 그런데 사냥꾼은 아기 곰이 있는 쪽으로 가서 아기 곰은 엄마 곰을 구하려고 달려들었다.** 하지만 아기 곰이라 잡히고 말았다.

잡혀간 곰과 토끼는 달성공원으로 끌려가고 말았다. 그런데도 엄마 곰과 아기 곰은 재미있었다. 왜냐면 많은 사람들이 과자도 주고 구경을 해서였다.

잡혀 간 아기 곰이 달성공원에 가서 많은 사람들과 함께 재미있게 보냈다니 참 다행이군요. 그런데 문장은 짧게 써야 읽는 사람이 이해하기가 좋습니다. 표시된 부분은 너무 길고 그 뜻도 분명하지 않지요. 다음처럼 고치면 어떨까요. '그 토끼는 사냥꾼한테 쫓기고 있는 중이었다. 하지만 엄마 곰은 그것을 모르고 토끼를 쫓아갔다. 그래서 토끼와 엄마 곰은 모두 사냥꾼한테 잡히고 말았다. 토끼와 엄마 곰을 잡은 사냥꾼은 이번에는 아기 곰이 있는 쪽으로 갔다. 아기 곰은 엄마 곰을 구하려고 달려들었다.'

엄마, 쓸 게 없어요

6. 설명문

한옥에 대해서

도량 5 배기한

[조사내용]

1. 구조 : 겨울을 따뜻하게 보내기 위해서 온돌방을 설치하고, 여름을 시원하게 보내기 위해서 대청마루를 설치했음.
2. 온돌 : 따뜻한 돌이라는 뜻으로 고래와 구들장으로 이루어져 있음. 구들장은 고래 위에 흙을 덮어 방바닥을 만들고 불을 지펴 덥게 하는 장치
3. 지붕 : 반달처럼 둥실둥실한 모습. 이것은 주변에서 쉽게 구할 수 있는 흙과 나무로 만들어짐.
4. 대청마루 : 남쪽지방에서 발생한 것으로 여름철의 무더위 때문에 생겨남. 집을 지을 때 방의 벽을 허물고 사방을 터서 만든 것.

[설명문 쓰기]

우리 나라 고유의 집이면서도 지금은 사라져 가는 한옥에 대해서 알아보자. 한옥의 구조, 종류, 특징 등을 중심으로 살펴보기로 한다.

전통 한옥인 초가집은 부엌, 큰방, 작은방이 일렬로 늘어선 삼간 일자형으로 툇마루가 설치되어 있는 것이 기본형이다. 집 안에는 널찍한 마당이 있고, 돌담을 따라 헛간과 닭장이 있고, 동남쪽에는 화장실과 잿간이 있다. 집은 서쪽부터 부엌, 큰방,

작은방이 일렬로 서 있는 남향집이다. 부엌과 닭장 사이에는 장독대가 있다.

한옥의 종류에는 초가집, 기와집이 있는데 그 공통적인 특징으로는 온돌과 대청마루가 있는 것이다. **또 지붕도 특징이다.** 온돌은 따뜻한 돌이라는 뜻으로 고래와 구들장으로 이루어져 있다. 구들장은 고래 위에 흙을 덮어 방바닥을 골고루 데워 주어 방바닥을 만들고 불을 지펴 덥게 하는 장치이다. 고래는 구들장 밑으로 나 있는 환풍구같은 것이다. 그 마지막은 굴뚝이다. 그 덕분에 불도 나지 않고 안전하다.

또 하나의 특징은 지붕에 있다. 마치 반달처럼 둥실둥실한 모습인데, 이것은 주변에서 쉽게 구할 수 있는 나무와 흙으로 만들었다. 초가집은 기둥과 기둥사이에 대들보와 용마루를 걸치고 서까래로 엮은 다음 흙을 얹고 볏짚으로 엮은 이엉을 얹었다. 이것이 발전하여 기와지붕이 되었다.

한옥의 장점은 우리 나라 고유의 집이어서 편안하다는 것이고 단점은 화장실이 멀리 있고 재래식이어서 불편하다는 것이다. 그리고 전기가 들어오지 않은 것도 흠이다. 그러나 단점만 보완한다면 훌륭한 집이다.

한옥의 특징을 매우 자세히 썼습니다. 제목이 '한옥에 대해서' 인데 뜻이 너무 광범위하고 분명치 않은 것 같습니다. 글에서 제목이 차지하는 비중은 매우 큽니다. '한옥의 구조'나 '한옥의 특징'이 어떨까요? 그리고 결론에서는 본론에서 설명한 특징들을 간략하게 요약 정리하고 한옥의 장점과 단점을 좀 더 정확하게 표현했으면 좋겠습니다. 표시된 부분도 그 뜻이 명확하도록 설명이 좀 더 필요합니다.

엄마, 쓸 게 없어요

개 미

구미 3 유희제

개미는 다른 개미와 아주 잘 싸운다. 가을에 개미들이 많은 이유는? 겨울에 먹을 양식을 준비 해 둔다. 개미들은 협동심이 아주 강한 것을 잘 알았다. 무거운 게 있으면 같은 개미들이 와서 같이 들어낸다. 1)**개미는 협동심이 강한 것을 잘 알았다.** 2)**내 친구나 동생이 못 드는 것이 있으면 함께 들겠다.**

개미의 종류는 일개미, 여왕개미가 있다. 개미들이 싸우다가 죽으면 공동묘지에 가게 된다. 일개미들은 일을 열심히 한다. 가을에 양식을 창고에 넣고 겨울에 다시 먹는다. 조그만 것이 있으면 입으로 물고 땅속까지 물고 간다.

표시된 1)은 '개미는 협동심이 강하다' 이렇게 해야 합니다. '협동심이 강한 것을 알았다'라고 하면 설명문이 아니라 마치 관찰 기록문을 쓰는 것 같지요. 그리고 2)는 필요 없는 문장입니다. 설명문은 사실적인 내용을 바탕으로 써야 합니다. 설명분도 처음, 중간, 끝으로 나누어서 글을 쓰는 것이 좋습니다. 처음에는 개미에 대해서 일반적으로 알고 있는 내용이나 궁금한 것 등을 쓰고, 본론에서 개미에 대해서 조사한 것들을 설명 해 나가면 됩니다.

절지 동물 거미

형곡 5 성원석

거미는 8개의 다리와 머리, 가슴, 배로 나누어진 몸을 가지고 있다. 그러므로 거미는 곤충이 아니고 절지 동물이다.

곤충의 몸 구조는 네 쌍의 다리와 머리와 가슴으로 구분 없이 머리가슴과 배의 두 부분으로 나누어져 있다. 1)**그리고 몸에 마디가 있고 실젓은 배밑에 세쌍이 있으며 실을 내뿜는다.** 또 눈이 8개고 홑눈이다. 다음으로 거미의 한 살이에 대해서 알아보자.

거미는 봄 여름에 걸쳐 알을 낳아 많은 새끼거미들을 자라게 한다. 그리고 커서 여름가을에 걸쳐 짝짓기가 이루어지고 그 거미가 알을 낳다. 또 그 거미가 자라게 된다. 거미에게는 거미 줄이 제일 중요하다. 왜냐하면 먹이를 잡는 중요한 역할을 하기 때문이다.

그러면 거미줄을 만드는 과정을 알아보겠다. 거미가 거미줄을 내뿜어 바람에 날려 걸리는 나무에서 그 거미줄을 굵게 한다. 그 다음은 한가운데서 줄은 늘어뜨리고 삼각형으로 줄을 치고 굵게 한다. 그 다음은 삼각형 중심으로 날줄은 친다. 2)**씨줄을 드문드문 친 다음 씨줄을 그물처럼 더 세게 한다.** 이렇게 하면 거미줄이 완성되는 것이다.

다음으로 거미의 먹이를 알아보겠다. 거미가 먹는 것은 파리, 딱정벌레, 메뚜기, 풍뎅이, 나방, 나비, 바퀴벌레, 모기, 하루살이, 귀뚜라미, 장님거미, 지네 등 거미줄에 걸리는 것은 다 먹는다고 한다. 3)**거미는 우리가 보기에는 해로운 절지 동물이라 하지**

엄마, 쓸 게 없어요

만 우리에게 이로운 동물이다. 왜냐면 거미는 해충을 잡아먹기 때문이다.

　본론에서는 거미의 특징에 대해서 자세히 설명해 놓았습니다. 그런데 군데군데 설명하는 내용을 알 수 없게 쓴 부분이 있습니다. 1)은 곤충의 몸구조에 대해서 이야기하다가 갑자기 거미의 특징을 설명하여 읽는 사람이 혼동이 됩니다. 2)는 씨줄과 날줄에 대해서 설명을 한 다음 썼더라면 더 이해가 빨리 되었을 것입니다. 또 3)은 절지 동물에 대한 설명이 본론에서 언급되었다면 더 좋았겠습니다.

　설명문은 처음, 중간, 끝부분이 분명히 드러나도록 쓰는 것이 좋습니다. 특히 처음 부분에서 내가 설명하고자 하는 대상을 소개한 다음 본론으로 들어가야 합니다. 그런데 원석이의 글은 바로 본론부터 시작한 듯합니다. 앞으로 설명문 쓰는 형식에 조금 주의를 기울인다면 훌륭한 설명문을 쓸 수 있을 것입니다.

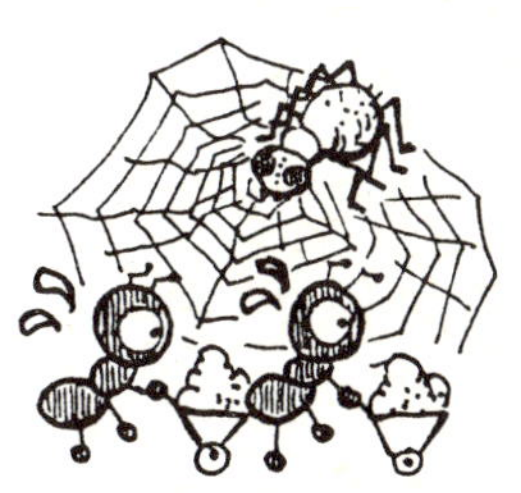

단 오

형곡 5 조현진

개요짜기

1. 저음 : 음력 5월 5일은 단오
　　　　 단오의 유래
2. 중간 : 단오에 하는 행사와 놀이
　　　　 (1) 단오의 대표적인 놀이－씨름(남자), 그네뛰기(여자)
　　　　 (2) 더위를 이기고 건강을 유지하기 위한 행사
　　　　　　 창포에 머리 감고, 부채 선물하기, 쑥과 익모초 다
　　　　　　 발 세워 두기, 대추나무 시집 보내기
3. 끝 : 단오는 설날, 추석과 같은 큰 명절의 하나로 우리 조상들
　　　　 은 단오날 여러 가지 놀이와 행사를 통해 심신을 단련하
　　　　 고 더위를 물리쳤다.

설명문 쓰기

　음력 5월 5일은 단오날이다. 단오는 수릿날, 술의 날이라고
하는 데 술의란 우리말로 수레를 뜻한다. 그래서 사람들은 이
날 수레모양의 떡을 만들어 먹기도 했다. 단오에 하는 놀이와
행사를 알아 보자.

　단오의 대펴적인 놀이는 씨름과 그네뛰기이다. 씨름은 남자
들이 하는 놀이이며 모래판에서 정기를 한다. 배지기, 들배지기
등의 기술로 상대편을 무릎이나 손을 땅에 닿이게 하면 이기게
된다. 결승전 마지막 판에 이기는 것을 판막이 또는 판막음이

엄마, 쓸 게 없어요

라고 한다. 우승한 사람에겐 황소 한 마리가 주어지고 장사라 부른다. 그네뛰기는 여자들이 하는 놀이이다. 그네를 뛰면 무좀이 생기지 않고 여름에 모기에 물리지 않고 더위를 먹지 않게 된다. 따로 운동을 하지 않았던 옛 여인들이 몸을 단련하는 놀이이다. 그네의 종류는 남자들이 타는 장정그네, 여자들이 타는 때때 그네가 있다. 1등을 하면 장녀라고 한다. 더위를 이기고 건강을 유지하는 행사에는 여러 가지가 있다. 첫째 창포물에 머리를 감는다. 창포의 뿌리를 삶아 그 물로 세수를 하고 머리를 감으면 머리가 세지 않고 윤기가 난다. 그리고 재앙을 물리친다. 그래서 창포를 심는다. **둘째 부채를 선물한다. 나라에 필요한 물건을 만들어 내는 공조라는 관청에서 단오부채를 만들어 임금님께 올린다.** 선물하는 이유는 단오날부터 더위가 시작되기 때문이다. 셋째 쑥과 익모초 다발을 세워둔다. 쑥을 베어서 호랑이 모양으로 만들어 두면 재앙을 막을 수 있다. 단군신화의 곰과 호랑이는 백일 동안 마늘과 쑥만 먹었다. 그래서 쑥은 종교적인 힘을 가지고 있다. 익모초는 약으로 쓰이고 여름에 즙을 내어 먹으면 입맛이 살아난다. 넷째 대추나 무를 시집을 보낸다. 정오에 가지를 쳐 내거나 가지 사이에 돌을 끼워 두면 된다. 그러면 빨간 대추알이 열린다.

이렇게 단오는 설날, 추석과 같이 큰 명절의 하나로 우리 조상들은 단오날 여러 가지 놀이와 행사를 통해 심신을 단련하고 더위를 물리쳤다.

단오에 대해서 상세하게 설명을 했습니다. 글의 전개도 아주 간결해서 읽는 사람이 그 내용을 금방 알 수 있습니다. 다만 좀더 자세한 설명을 해야 할 곳이 몇 군데 있는 것 같습니다. 예를 들면 밑줄친 부분에서 일반 백성들이 서로 부채를 선물하는 풍습 등인데 좀 상세히 설명했더라면 좋겠습니다.

무엇보다도 미리 조사하기와 개요짜기를 잘했습니다. 이처럼 설명문은 쓰기 전에 쓸 내용에 대해서 충분히 조사를 하는 것이 중요합니다. 그리고 자기의 생각이나 주장을 넣지 않도록 주의하여야 합니다.

아이들의 마음을 읽어요

독서생활의 소중함

이동원

대구광역시 대구교원연수원 교육연구사(교육학박사)

　사람은 정신과 육체 두 가지로 만들어진 존재입니다. 정신과 육체는 두 가지가 다 우리에게는 소중한 것입니다. 육체가 병이 들거나 허약하면 아무리 머리가 영리하고 똑똑한 사람이라도 자신의 능력을 잘 나타낼 수가 없게 됩니다. 아무리 많이 공부한 사람이라 하더라도 몸이 병들어 병원에 누워있어야 한다거나 활동을 자유로이 할 수 없다면 아무 소용이 없을 것입니다. 그래서 우리는 건강한 육체를 지니기 위해 알맞은 음식을 먹고, 적당한 운동을 하며, 규칙적인 생활을 하려고 노력합니다.

　육체와 마찬가지로 우리에게 없어서는 안될 소중한 것이 있으니 그것이 바로 정신입니다. 정신은 육체와 함께 우리 사람을 지탱시켜주는 수레의 두 바퀴와 같습니다. 정신이 온전하지 못한 사람은 생각이 모자라서 하는 행동이 어리게 됩니다. 또 정신이 온전하지 못한 사람은 사물의 이치를 분별할 수 있는 능력이 모자라서 우리가 살아가는데 무엇이 옳고 무엇이 나쁜가에 대한 판단을 할 수 없게 되어 사람으로서의 도리를 제대로 지킬 수가 없게 됩니다. 예절을 모르게 되니 바르게 살아갈 수 없게 됩니다. 정신이 바르지 못하니 새로운 아이디어를 만들어 내지 못하므로 발명이나 발견을 할 수 없게 되고 그래서 이 세상은 발전할 수가 없게 될 것입니다.

엄마, 쓸 게 없어요

그렇다면 사람은 들판에서 본능의 힘으로 살아가는 짐승이나 다를 바가 없는 존재가 됩니다.

우리가 소중한 육체를 건강하게 가꾸기 위하여 영양분이 있는 음식을 먹고, 적당한 운동을 하며, 규칙적으로 생활을 해나가는 것처럼, 정신을 건강하고 튼튼하게 하기 위하여 우리는 많은 노력을 해야 합니다. 정신을 건강하고 튼튼하게 가꾸기 위해서는 가장 중요한 것은 독서와 사색입니다. 독서는 책을 읽는 것이요, 사색은 자기 스스로 사물의 이치를 깊이 생각해보는 것입니다. 그러나 우리 어린이들에게는 사색보다 더 중요한 것은 독서입니다. 책을 많이 읽어서 우리의 정신 속에 아는 것이 많이 들어 있어야 여러 가지 생각도 할 수 있고, 깊은 사색도 할 수 있는 것이며, 독서를 하는 과정에서 사색을 하게 되는 것입니다. 따라서 우리 어린이들의 정신을 건강하게 살찌우기 위해서는 무엇보다 소중한 일은 책을 많이 읽는 독서생활입니다.

이렇게 독서가 소중하기 때문에 옛날부터 많은 훌륭한 분들은 독서의 중요성을 강조해 왔습니다. 우리 나라의 독립을 위해 애쓰신 안중근 의사께서는 '사람이 하루라도 책을 읽지 않으면 입안에 가시가 생긴다'고 하였습니다. 또 서양의 어떤 분은 독서는 "사람을 완전하게 만든다'고 하였습니다. 사람이 부모에게서 태어났다고 해서 완전한 사람이 된 것이 아닙니다. 끊임없는 독서를 통해서 사람의 정신이 온전하게 자라고 건강한 정신을 소유하게 되어야 비로소 완전한 사람이 될 수 있는 것입니다.

제4장 아이들의 마음을 읽어요

　독서를 하기 위해서는 먼저 좋은 책을 골라 읽어야 합니다. 우리가 몸을 건강하고 튼튼하게 하기 위해서 불량식품을 먹지 않고 영양분이 있는 좋은 음식을 골라먹는 것처럼, 우리의 정신을 올바르게 가꾸기 위해서는 수많은 책 중에서 우리에게 도움이 되는 유익한 책을 읽어야 합니다. '독서는 마음의 양식'이라는 말이 있듯이 내용이 좋지 못하거나 나쁜 책을 읽게 되면, 책을 읽는 시간을 낭비할 뿐만 아니라, 불량식품을 사 먹고 몸에 병이 나는 것처럼 우리의 정신이 흐려지고 병들게 되어 오히려 읽지 않는 것만 못할 수도 있습니다. 그러므로 좋은 책을 골라 읽는 습관을 길러야 합니다. 좋은 책을 고르기 위해서는 부모님이나, 선생님과 같은 어른들께 여쭈어서 고르는 것이 좋습니다. 그리고 신문이나 다른 책등에 소개된 책을 골라 읽는 것도 좋은 방법입니다.

　좋은 독서는 책을 골고루 읽어야 합니다. 몸을 건강하게 하기 위하여 우리는 음식을 골고루 먹습니다. 마찬가지로 정신을 건강하게 하기 위해서는 좋은 책을 골라서 읽어야 하지만, 여러 종류의 책을 골고루 읽어야 합니다. '책 속에 길이 있다'는 말은 책에는 여러 가지 종류의 많은 지식과 내용들이 있어서 우리에게 여러 가지 지식이나 사물의 이치를 깨우쳐준다는 뜻입니다. 따라서 동화책, 위인전, 역사서적, 과학도서, 공상추리소설 등과 같은 다방면의 책을 골고루 읽어서 우리의 정신세계를 점점 넓혀가야 할 것입니다.

　독서를 할 때에는 바른 자세로 책을 차근차근 읽어나가야 합니다. 독서하는 방법에는 여러 가지가 있습니다만 우리 어린이들에게는 한 쪽씩 차근차근 읽어나가는 정독법이 가장 바람직한 방법

......
엄마, 쓸 게 없어요

입니다. 책을 읽어나가는 동안 중요한 내용이나 글의 핵심되는 부분, 그리고 글을 지은이의 생각이나 중심되는 사상에는 밑줄을 긋거나, 독서카드에 적어두거나 하는 방법도 책을 잘 읽는 좋은 방법이 될 수 있습니다. 역사서적이나 과학도서 같은 책을 읽을 때에는 왜 이렇게 되었을까, 이럴 때 이렇게 했으면 어떻게 되었을까 하는 의문을 갖고 책을 읽는 것이 좋습니다. 이렇게 해야 책을 읽는 동안 우리는 생각하는 힘이 길러지고 창의력, 사고력 등이 생기게 됩니다. 그렇지 못하고 그냥 책을 아무렇게나 빨리 읽어버리면 졸면서 기차 여행하는 것과 같아서 책을 다 읽고 나도 머리 속에 남는 것이 하나도 없게 됩니다.

책은 매일 읽는 것이 좋습니다. 건강한 몸을 가꾸기 위해 매일 음식을 먹고, 매일 규칙적으로 운동을 해야 하는 것처럼, 독서도 작은 양이라도 매일 읽어나가는 것이 좋습니다. 하루 중 저녁 시간의 어느 때에 30분이나 한 시간정도 시간을 따로 정하여 그 시간에는 어떠한 일이 있더라도 책상 앞에 앉아 책을 읽는 것이 좋은 독서법입니다. 이렇게 하므로써 독서하는 생활이 습관이 되어 조금 지나면 하루라도 책을 읽지 않으면 자기 스스로 불편을 느끼게 된답니다. 이렇게 하는 동안에 나 자신도 모르게 정신은 살찌고 생각이 깊어지며 머리가 총명해질 수 있습니다.

마지막으로 책을 읽을 때에는 읽은 내용에 대해서 부모님이나 선생님, 혹은 다른 사람들과 읽은 책의 내용에 대해서 대화를 나누어 보는 것이 좋습니다. 저녁에 내가 정한 독서시간에 약 한 시간정도 책을 읽고 난 후, 책을 읽은 내용에 대해서 아버지나 어머니

제4장 아이들의 마음을 읽어요

께 읽은 내용에 대해서 질문도 해보고, 자기 생각도 말씀드리면서 거기에 대해서 부모님의 생각은 어떠하신지 여쭈어보는 토론의 시간을 갖는 것이 매우 좋은 독서방법입니다. 이렇게 하면, 책의 내용이 나의 지식으로 완전히 소화될 뿐만 아니라, 생각하는 힘, 토론하는 힘, 책의 내용에 대한 비판의식 등이 생기게 되어 내 스스로의 지식이 생기게 됩니다.

이렇듯 독서도 좋은 방법을 생각해서 해 나가면 싫증이 나지 않을 뿐만 아니라, 독서를 통해서 자신의 정신이 튼튼해지고, 총명해지며, 생각하는 힘이 생기게 된다는 점을 알게 되었을 것입니다. '사람이 책을 만들고, 책이 사람을 만든다.'는 말처럼 책을 가까이하는 사람은 지혜로운 삶을 살아갈 수 있게 되고, 책을 멀리하는 사람은 어리석은 삶을 살아가게 될 것입니다. 여러분과 같은 어린이 시절부터 좋은 책을 골라서 매일 조금씩이라도 차근차근 읽어 나가는 습관을 갖는 것이 중요합니다. 여러 가지 책을 골고루 많이 읽어서 정신과 육체가 다 함께 건강하고 올바른 사람이 되어 지혜로운 삶을 살아갈 수 있는 사람이 되어야 할 것입니다.

엄마, 쓸 게 없어요

책 읽기와 엄마의 역할

조정아

(대구광역시 서부여중 국어교사)

몇 해 전이었다. 그 때 가장 유행했던 소설이 '영원한 제국'이었고, 아침 자습시간에 한 이틀 열심히 읽었다. 처음부터 의도했던 것은 아니었지만 자습시간에 책을 바꾸어 들어갈 때는 아이들이 책제목을 볼 수 있도록 방향을 바꾸어 가지고 가곤 했는데 그 날도 아이들은 표나지 않게 저희들끼리 쑤군거렸다.

"야, 우리선생님 책 또 바꿨나?"

"가마이 있어봐라, 제목 좀 보구로" 등등 몇 마디 말이 오고간다. 그렇지만 나는 못들은 척 반응을 보이지 않고 내 자리에 앉아 책을 보기 시작한다.

교육은 의도적으로 해야 한다. '어쩌다 보니 이렇게 되더라'는 엄격히 말해 교육의 결과라 할 수 없다. 그러나 의도가 너무 겉으로 드러나면 아이들은 도망갈 구멍부터 파 놓기 때문에 의도가 드러나지 않게 자연스럽게 접근할 필요가 있다. 내 책이 바뀐 것에 대해 아이들이 쑤군거리는 것에 반응을 보이지 않은 이유가 여기에 있지만 쑤군거림을 벗어나 공개적인 질문을 해 오면 사정은 달라진다.

"샘, 누가 쓴 건대요?"

"영원한 제국이 어느 나란데요?"

"이인화는 여자라요?"

등 이 작은 물음에도 설명을 곁들여가며 대답한다. 이런 대화 끝에 반 아이들 중 몇몇은 강한 호기심을 갖는 정도에 그치기도 하지만 몇몇은 책을 사서 읽기도 한다.

실제로 그 당시 우리 반 학생들은 중학교 1학년이었지만 이 책을 읽은 학생이 5~6명이었는데 책제목도 잘 모르는 사람들이 많았다는 것을 감안하면 중학교 1학년으로서의 독서 수준은 꽤 높은 것이라 할 수 있다. 그 중 1명은 정조의 개혁 정치가 나오게 된 당시 상황, 정조의 죽음에 대한 여러 가지 의견, 당시 서양은 근대과학이 꽃피던 르네상스였으므로 정조의 개혁 실패는 우리가 세계의 흐름에 뒤늦을 수밖에 없었다는 주장, 소설이 어디까지 허구성을 지닐 수 있는 것인가에 이르기까지 많은 이야기를 나에게 퍼부었다. 놀라운 일이었다.

엄마가 할 수 있는 독서교육이 의도적이지만 의도가 드러나지 않는 교육이다. 엄마가 "책 좀 읽어라."고 잔소리를 할수록 아이는 책과 멀어져 버릴 가능성이 많다. 그렇기 때문에 엄마는 아이가 보는 앞에서 책 읽는 모습을 보여주는 것이 중요하다. 아이에게는 책 보라고 들볶으면서 엄마는 TV나 붙들고 앉아 있으면 아이의 반발감만 일으키게 된다.

엄마가 책 읽는 것을 보면서 아이는 '우리 엄마 무슨 책을 보나?' 저 책은 어떤 책이길래 저렇게 열심히 볼까? 책이 재미있는 모양이네, 나도 봐 볼까? 생각하게 되고 책을 가까이 하게 될 수 있다. 엄마와 아이가 같은 책을 봤다면 자연스럽게 책의 내용에 대

엄마, 쓸 게 없어요

해 이야기해 볼 수 있고 아이의 생각을 물어 볼 수 있으므로 토론
이 가능한 것이다.

　이런 토론을 가장 방해하는 것은 바로 TV이다. 엄마가 TV에서
벗어나지 못하면 아이도 TV에서 벗어나지 못한다. 물론 TV가 많
은 정보를 제공하기도 한다는 긍정적인 측면도 있지만 문제는 TV
의 정보 제공은 일방적이며 그것에 대해 생각할 시간적 여유를 주
지 않고 계속적으로 전달되기만 한다는 점이다. TV는 시청자에게
옳든 그르든 어떤 정보를 내뱉기만 할뿐인 것이다. 시청자는 생각
할 필요도 없고 고민할 필요도 없이 그저 받아들이는 존재일 뿐이
다. 이런 정보 제공은 수용만이 필요할 뿐이다. 물론 수용의 과정
에서 선택이라는 사고를 해야하지만 그것은 수동적인 사고일 뿐이
다. 그렇게 됨으로써 창조적 사고를 필요로 하는 책과의 관계는 더
욱 멀어지게 될 수밖에 없다.

　엄마가 할 수 있는 가장 좋은 독서 교육은 TV에서 멀어진 엄마
가 책읽는 모습을 아이에게 보여주는 것이다. 이것이 가장 바탕이
되는 독시 교육의 조긴이다.

제4장 아이들의 마음을 읽어요

인간을 생각하는 글쓰기 교육

김영명

(경북 구미시 봉천초등학교 교무주임)

　최근에 논술고사 때문에 우리 아이들이 인형공장의 인형처럼 규격화되어가고 있으며 조금의 여유도 없이 어머니들의 욕심에 시달리고 있는 듯합니다. 요즘 어른들은 자녀의 성적에만 지나치게 관심을 기울이고 있습니다. 그러다 보니 자연히 자녀의 머리 속에 지식을 집어넣기만 기대하고 있지요. 그것을 올바르게 활용하는 방법 따위는 관심도 없습니다. 이렇게 어머니들이 자기의 욕심을 채워가는 동안에 아이들의 마음은 병들고 점점 더 이기적이 되어 간다는 것을 우리는 알아야 합니다.

　교육부가 주입식교육에서 벗어나 자유롭게 사고하는 가운데 개인의 창의성과 소질을 계발하고 올바른 인격을 가진 '인간'을 기르고자 대학입시제도를 바꾸어 보았지만 어머니들의 생각은 변한 것이 없습니다. 오히려 '논술' 때문에 자녀들에게 '글짓기'를 강요하고 있는 실정입니다.

　'글쓰기'는 '글짓기 기술'을 배워서 되는 것이 아닙니다. 책을 읽고 자유로운 생각을 바탕으로 하는 종합적인 사고력을 길러야 글쓰기가 되는 것입니다. 진솔한 삶의 바탕이 없이 머리 속에서 짜내는 글을 쓰게 하면 남의 괴로움은 쳐다보지도 않고 자신의 이익만 챙기는, 그래서 '머리'만 있고 '가슴'은 없는 사람을 만들어 낼뿐입

엄마, 쓸 게 없어요

니다.

우리는 어린이 모두를 작가로 만들기 위해서 글을 쓰게 하는 것이 아닙니다. 또 글짓기 대회에 나가서 상을 받는 선수를 만들어야 하는 것도 아닙니다. 그런데 우리 주변은 어떠한가요? 올바른 인성을 가지고 더불어 살아갈 수 있는 인간이 되기 위한 글쓰기가 아니라 나만 잘되기 위한 일류 병의 한 증상으로써의 글짓기를 강요하고 있지 않은가요. 그래서 아이들에게 난데없이 글짓기라는 과외 과목만 하나 더 보태어 책가방을 무겁게 하고 있지는 않는지요.

아이들은 글쓰기를 통해서 자유롭게 상상하고 자신의 거짓 없는 생활을 꾸려갈 수 있어야 합니다. 또 좋은 글을 쓰기 위해서는 반드시 많은 책을 읽어야 합니다. 어린 시절 동안에 한 책읽기는 학교를 졸업하고 사회생활을 할 때라야 비로소 그 진정한 힘을 발휘하는 것입니다. 따라서 우리는 좀 더 긴 안목에서 아이들에게 책을 읽히고 글쓰기를 시켜야 합니다. 당장 보기에 학교싱직과 책읽기가 별로 관계가 없는 것 같지만, 책을 읽음으로써 그 아이가 풍부한 감성과 올바른 인간성을 가지게 되고, 훗날 어른이 되어 사회인으로 살아가는 동안에 많은 영향을 받게 됩니다. 따라서 책읽기와 함께 글쓰기를 공부해야 바람직한 글쓰기가 된다. 책읽기를 통한 풍부한 언어체험과 깊이 있는 생각 없이 좋은 글쓰기를 한다는 것은 어불성설입니다. 또 책읽기와 글쓰기를 학교성적과 결부시키는 어리석음을 우리는 저지르지 말아야 합니다. 책을 읽는 동안에 우리의 귀여운 아이들은 자유로움과 여유 있는 마음을 가지게 되고

제4장 아이들의 마음을 읽어요

이를 통해서 자신의 생각과 꿈을 키울 수 있고 또 좋은 글도 쓸 수 있게 되는 것입니다.

　요즘 사회는 물질적인 측면 뿐만 아니라 정신, 사회, 문화적인 측면에서도 엄청나게 변하였습니다. 고도성장의 그늘 아래서 살벌한 경쟁의 장으로 내몰린 우리들과 아이들을 생각할 때 우리는 정말로 인간을 생각하는 교육을 해야 합니다.

　상급학교에 진학하는 것이 목표인 요즘 아이들은 피아노는 이제 시들하고 바이올린이나 첼로 등을 배우고 있으며, 친구보다도 컴퓨터 오락을 더 좋아할 정도로 개인적이 되었습니다. 이런 아이들에게 좋은 책 한 권을 권해주고 그들의 아름다운 꿈과 생각을 꾸밈없이 쓰도록 한다는 것은 참으로 어려운 일이면서 소중한 일입니다.

엄마, 쓸 게 없어요

아이들에게 책을 골라줄 때

김현실

(한우리독서문화운동본부 구미지부 독서지도교사)

오늘날 우리 아이들은 너무 바쁘다. 배워야 할 것이 너무나 많은 것이다. 해가 뜰 때부터 어둠이 깔릴 때까지 잠시도 쉬지 않고 어디론가 다녀야 한다. 아이들의 입에서 어른들의 입에서 나올 법한 말인 '시간이 없어요'란 말이 자연스럽게 나온다. 이러한 아이들의 슬픈 현실은 똑똑하고 많은 것을 알게 할 지는 모르지만 인간다운 사람이 되게 하지는 못한다.

이러한 상황에서 어른들이 아이들의 정서 교육, 책읽기 교육에 관심을 갖는 것은 당연한 일이다. 아이들에게 좋은 책을 읽히는 것은 아이들의 창조적 사고력을 기르고 다양한 표현력을 키우며 올바르게 키우는네 절대적으로 필요한 일이다.

그러나 책방에 놓여있는 수많은 어린이 책을 대하게 되면 난감해지고 만다. 좋은 책은 인간의 삶을 살찌우지만 나쁜 책은 오히려 인간의 삶을 황폐하게 만들기 때문이다. 그래서 '어떤 책을 읽게 할 것인가?'하는 물음에 대한 답을 생각해야만 한다.

어린이 도서 선택에 관한 연구가 빈약하고 학교나 문화부, 도서관 등에서 뽑아 놓은 목록 또한 신빙성이 없다. 그러므로 어린이 책을 선택하는 어른들의 안목이 절실히 요구된다. 흔히 어른들의 기준으로 선택하는 어린이 도서는 세계명작 동화와 위인전이다. '소공녀', '소공자', '안데르센 동화', '톰 소여의 모험' 등 세계 명작 동화라 불리는 서구의 동화들 대개는 18-19세기에 쓰여진 것들로 이 시기는 서구의 강대국들이 식민지를 넓혀가던 시기이다.

이러한 동화들은 백인의 우월감을 강조하고 식민지 전쟁을 씩씩한 기상의 표현으로 인식하게 하여 당시의 상황을 옹호하려는 의도를 가진 것이다. 이 세계 명작 동화는 아이들에게 서구중심의 사고방식에 젖게 하여 음식이나 생활문화, 외모까지도 서양의 것을 선호하게 만든다. 봉건적 사고와 인간에 대한 편견마저 갖게 한다.

세계명작동화가 아이들의 가치관 형성에 어떠한 영향을 미칠 것인가 하는 것은 심각히 고려되어야 할 문제이다. 많은 어른들이 위인전이라면 무조건 좋은 것으로 생각한다. 그러나 오늘날 위인전은 아이들에게서 외면 당하고 있는 것이 사실이다.

시대와 환경이 바뀌고 가치관이 달라지면서 위인의 상도 달라지게 마련인데 그에 따른 새로운 인물을 창출해 내지 못하므로 아이들이 존경할만한 위인의 상을 잃어가고 있기 때문이다. 또한 위인은 어릴 때부터 다르다는 위인 예정론은 아이들에게 위인은 이미 하늘로부터 점지된다는 숙명론을 받아들이게 하는 잘못이 있다. 많이 알려졌다고 해서 반드시 좋은 책은 아닌 것이다.

아이들에게 책을 골라 줄 때는 자연에 대한 사랑을 키우고 생명

엄마, 쓸 게 없어요

의 귀중함을 느끼게 하는 것, 이웃과 함께 더불어 살아가는 삶을 지향하는 것, 우리의 민족 정서를 느낄 수 있는 것, 일하는 삶을 귀하게 여기는 것 등을 기준으로 삼아야 할 것이며 아이들에게 무조건 책을 읽으라고만 하지 말고 어른들이 한 번씩 읽어보고 권하거나 사주어야 할 것이다. 또한 전집을 안겨주어 아이들에게 부담만 주는 잘못도 없어야 할 것이다.

제4장 아이들의 마음을 읽어요

언어생활영역에 따른 유아기 독서지도

김현기

(전 창원대 강사 보육교사)

1995년부터 시행된 제 6차 유치원 교육과정에 의한 언어생활 영역은 유아의 언어사용 능력을 향상시켜 유아로 하여금 즐거운 언어생활을 하도록 도와주는 것을 주요 골자로 하고 있다.

인간을 신체적 발달 정도와 연령에 따라 구분 지으면 태아기(수정~출생), 영아기(출생~18개월), 유아기(18개월~6세), 아동기(6세~13세), 청소년기(13세~20세), 성인기(20세~60세), 노년기(60세이후) 등으로 구분 할 수 있다. 이 중에서 출생에서부터 유아기까지는 그 연령별로 변화가 상당히 빠르며 뭐든지 하려고 하는 호기심이 많으며 언어와 지능의 발달이 이루어지는 시기이다. 따라서 유아기에는 지겹지 않게 놀이 위주로 하면서 이러한 발달에 맞게 도움을 주어야 한다. 이 시기는 주변의 글자와 글에 관심을 보이며 글자를 배우고 싶어하는 유아들에게 정서적 긴장감 없이 글자 언어를 경험하게 해야 한다. 글자와 언어 경험은 초등학교에서와 같은 형식적인 읽기, 쓰기의 교육이 아니라 긁적거리기, 그림보고 이야기 꾸며 말하기, 동화나 동시 듣기 따위의 활동을 통하여 자연스럽게 글자 언어와 친숙해지는 것임에 유의해야 한다. 때문에 언어를 습득하는 유아의 적극적이고 능동적인 역할이 특히 강조되며 듣기, 말하기, 읽기, 쓰기 능력이 상호교류적으로 통합하여

엄마, 쓸 게 없어요

발달된다는 점을 중요시한다.

결국 언어 능력의 향상과 즐거운 언어생활을 위한 교육활동은 유아로 하여금 자주적이고 창조적이며 건강하고 도덕적인 사람이 되도록 하는데 직접, 간접으로 영향을 줘 바람직한 인간을 만들게 할 것이다. 이러한 내용을 기반으로 유아기(preschool childhood)의 독서 지도 요령 몇 가지를 소개하고자 한다.

해가 거듭할수록 많은 작품이 쏟아져 나오고 있다. 예로부터 읽혀 온 고전에 속하는 신화와 전래동화 등은 물론이고 현재를 배경으로 한 창작동화와 미래를 그린 공상과학 작품 외에도 전혀 새로운 내용과 형식을 갖춘 작품들까지 매우 다양하게 출판되어 나오고 있다. 이렇게 수많은 작품들 중에서 어떤 것을 선택하느냐 하는 것은 상당히 힘든 일이며 획일적인 기준 또한 있을 수도 없다. 유아를 위한 좋은 책이란 무엇인가? Hazard는 [책. 어린이. 어른]이라는 저서에서 좋은 책의 선택기준을 아래와 같이 제시하였다.

- 예술의 본실에 충실한다.
- 어린이가 즐겨 상상할 수 있는 것을 그대로 보여 준다.
- 감수성을 자극하고 생명을 귀하게 여기는 인간다운 감정을 어린이에게 불어넣는다.
- 놀이의 가치를 인정한다.
- 인간의 높은 도덕성을 강조한다.
- 지식을 준다.

또한 Sakamota는 어린이가 갖는 흥미의 대상을 독서 발달 단계에 비추어 다음과 같이 정리하고 있다.

- 자작 이야기기(4세경까지) : 자신을 중심으로 주변 사람과 사물의 명칭, 성질, 관계 등을 이야기로 재확인하는 단계이다. 기본 생활 습관과 자립이 촉구되는 시기이다.

- 옛이야기기(4~6세경) : 신변 생활을 소재로 하고 상상에 의해 재구성하는 이야기에 흥미를 갖는다. 자기 중심적 사고가 발달하고 소박한 선, 악에 대한 판단이 싹트는 단계이다.

- 우화기(6~8세경) : 옛이야기의 심성은 그대로 존속되나 실제 생활이 사회적으로 확대되기 때문에 새로운 생활 장면에서 행동 규범에 관심을 갖게 된다. 따라서 가치의 판단을 구하며 도덕성을 내포한 설화를 좋아한다.

- 동화기(8~10세경) : 자기 중심성에서 벗어나 설화에 의한 현실의 재구성을 즐기게 되는 단계이다. 타인의 경험을 통하여 새로운 현실을 배우려고 하며 이를 통하여 자주성을 증대시켜 간다. 새로운 행동의 영역을 적극적으로 개발하여 가려는 단계이다.

- 소설기(10~12세경) : 논리적 사고력이 발달하며 새로운 행동의 영역을 적극적으로 개발해 가는 단계이다.

- 전기기(12~15세경) : 현실 생활 속에서 당면하는 여러 가지 저항에 대하여 반발하며, 이를 타개하는 방법을 모색하는 시기이다.

이렇게 독서 발달 단계를 구분한 그는 어린 시절의 문학경험은 성장과 함께 이루어져야 할 과업이며, 선택된 환경 및 자료에 의해서 고양되어진다고 덧붙이고 있다.

엄마, 쓸 게 없어요

[창작] 지도 요령의 실제

1. 동 시

(1) 낭송해 주기

동시 낭송해 주기는 먼저 간단한 동작 (손 씻는 것, 공 가지고 노는 모습)을 함께 하도록 하고 난 후, 두 문장으로 된 짧은 시로서 시작한다. 이때 선택해야 할 동시는 짧은 시구 속에 유아들이 즐길 수 있는 구체적인 이야기가 담겨 있는 것이 좋다. 또 반복되는 운율이 많은 시구가 좋다. 그리고 동시를 낭송할 때는 유아의 반응을 살피면서 여유 있게 해야 한다.

(2) 다 함께 말하기

똑같이 입을 모아 동시를 읽음으로써 유아들은 리듬과 더불어 마음을 즐겁게 할 뿐 아니라 사회적인 결속감까지 형성함을 알 수 있다. 이때 주의할 것은 설명적인 방법으로 시를 소개하지 않아야 한다. 리듬이 있는 부분에서는 가볍게 발로 두드리도록 미리 허락하면 더 재미있어 한다.

2. 동화 : 주제, 소재, 구성, 문체에 유의하도록 한다.

(1) 구연동화

구연동화는 유아와 함께 호흡하기 때문에 생생한 문학경험을 할 수 있다. 신체언어와 몸짓언어와 동작언어로 이야기를 입화하여 말의 의미를 강조하여 장면의 인상을 명확하게 하고 구체적으로 나타낸다. 이는 교사의 준비가 많이 필요하다.

(응용)

- 설화체 구연동화- 설명과 대화만으로 이루어진다.
- 문답식 구연동화 : 묻고 답하면서 진행하므로 유아의 표현능력(상상, 창의력, 논리, 사고력)을 길러준다.
- 동화시 : 동화적 줄거리를 가진다.
- 음악 구연동화 : 의성어, 의태어, 사용으로 효과음을 살린다.

(2) 그림동화 들려주기

그림동화는 책으로 된 것보다는 따로 준비를 하는 것이 좋다. 이를테면 낱장이나 괘도, 혹은 융판에 한 장씩 붙여 가면서 이야기를 해 나가는 것이 좋다. 융판식 동화는 융판에 그림이나 글을 붙이는 것인데 유아들은 하나하나 붙이는 재미와 새로운 말들을 덧 붙일 수 있기 때문에 좋아하고 또 창작력을 키울 수도 있다.

낱장식 동화와 괘도식 동화는 대략 27×6cm 크기의 TV상자를 만들어 두루말이 식으로 된 그림을 한쪽에서 옆쪽으로 감아가면서 이야기해 나가는 것이다. 상자 자체가 유아들의 흥미와 호기심을 충족시켜 주며 한쪽으로 감겨 들어가는 모습 자체를 무척 흥미 있어 한다.

3. 극화활동

유아기 어린이는 흥미 있는 사건이나 경험, 대상을 극화하려는 성향이 있다. 이 극화 활동은 어린이의 언어 능력, 사회화 기술, 창의력, 지적 능력, 정서 발달에 영향을 미친다.

엄마, 쓸 게 없어요

(1) 역할놀이

여러 명의 어린이가 어떤 대상의 역할을 가정하여 놀이하는 것을 말한다. 이때 교사는 어린이들의 놀이를 간섭하지 않도록 주의하여야 한다. 구조화된 교육활동이 아니고 놀이 활동이기 때문에 '하고 싶다'는 어린이의 요구에 따라 부담 없이 즐기는 놀이가 되도록 지도하는 것이 좋다.

(2) 무언극

언어를 사용하지 않고 몸의 각 부위를 움직여서 이야기나 사건 또는 어떤 대사를 극화하는 것이다. 너무 복잡하지 않은 줄거리, 주제가 반복되는 이야기 (예 : 브레멘의 음악대)를 선택하는 것이 좋다. 무언극을 끝낸 후 가장 어려웠던 부분은 어떤 부분인가 등을 스스로 평가할 기회를 주는 것도 좋은 방법이다.

(3) 인형극

어린이가 여러 가지 인형을 사용하여 생각이나 느낌, 이야기 내용을 극화하는 활동이다. 인형극에서는 모든 내용이 인형을 통하여 표현되므로 여러 사람 앞에 나서기 싫어하는 어린이를 극화활동에 자연스럽게 참여시킬 수 있는 이점이 있다.

(4) 창작극

동화의 내용이나 특정 주제에 관련된 내용을 극화하는 창의적인 활동이다. 창작극에서는 주제나 등장인물에 알맞는 대사, 동작을 어린이들이 창의적으로 꾸미도록 한다. 따라서 교사가 써 준 대사를 외거나 동작 등을 교사가 지시하는 일이 없도록 하여야 한다.

4. 이야기 나누기―주제 전개하기

이야기 나누기는 모든 활동의 동기 유발에 해당된다. 이 이야기 나누기에서는 교사와 아동, 아동과 아동사이의 상호작용에 의해서 그 성공 여부가 결정된다. 그러므로 많은 준비와 긴장이 필요하다.

(1) 유아가 주제를 제안하는 경우

교실에 벌이 한 마리 들어온 즉흥적 상황이나 게임, 견학, 실험 등의 이야기를 유아가 제안하는 경우다. 이때 교사는 보이지 않는 환경적, 언어적 중재가 반드시 필요하다. 즉 교사는 최종적 의사 결정자로서의 권위자가 아니라 의사 결정을 도와주는 보조자로 존재해야 한다.

(2) 교사가 주제를 제안하는 경우

이야기 나눌 주제를 교사가 제안하는 경우인데 이는 연간 교육 계획안에 의한 교육적인 의도와 계획하에 유아들에게 어떤 주제의 도입을 제안하였으나 어린이들이 호응하지 않는 경우에 '주제의 고정화'에 빠지지 않도록 지도한다.

이처럼 유아의 활동을 중심으로 한 통합교육 과정의 진행은 유아의 자율성과 책임감 및 새로운 지식을 찾아나갈 때의 힘을 증진시켜 주는 좋은 과정이 될 수 있다. 여기에 소개된 내용은 아이들의 무한대로 열린 잠재력에 비하면 빙산의 일각에 불과할 뿐이다. 그러나 되새김질해 볼 것은 날마다 새로움을 토해 놓는 우리 아이들과의 숨바꼭질에서 어른 된 도리를 챙겨내는 것이 아닌가 한다.

아이들의 마음을 읽어요

한은주

(한우리독서문화운동본부 구미지부 독서지도사)

아이들과 함께 책을 읽고 이야기를 나누다 보면 아이들의 심리와 취미 그 밖의 가정 환경을 파악하지 못해 어려움을 겪는 경우가 있다. 사실 그 아이가 어디에 관심을 많이 두고 있으며, 어떠한 심리상태인지 그리고 가족간의 유대 관계가 어떠한지 파악하기란 쉽지 않다.

어떤 선생님께 들은 이야기다. 수업시간에 편모 밑에서 자란 아이에 대한 이야기가 나왔다고 한다. 책 속에서는 편모에게서 자란 아이의 갈등을 그려내고 있었다. 아이들은 편모가 무엇이냐고 질문해 왔고 여러 이야기가 줄이어 나왔다고 한다. 그 때 한 아이가 토론에서 슬그머니 빠지더라는 것이다. 알고 보니 그 아이가 바로 편모 밑에서 자라고 있는 아이였다. 순간 그 선생님은 당황도 되고 그 아이가 마음의 상처를 입었을까 걱정되는 마음에 수업을 옳게 할 수 없었다고 했다.

이 이야기를 들은 나는 독서토론을 이끌어가야 하는 선생님은 기본적으로 아이들에 대한 세세한 여러 가지 정보와 심리파악을 하는 것이 무엇보다 중요하다는 것을 알았다. 이것을 제대로 파악하지 못한 채 책을 읽히고 이야기 나누기를 한다면 몇 명의 아이들을 위해서 많은 아이들이 들러리로 자리매꿈을 하는 것밖에 안된다고 본다. 독서 교육은 '가르치는(EDUCATION)' 개념보다는 '상담 및 치료(CLINIC)'의 개념에 더 가깝다고 한다. 그러나 아이들을 지도하면서 개인적인 성격과 가정환경까지를 파악하기란 여간 어려운 일이 아니다. 이러한 것을 파악하는데 도움이 되는 방법을 하나 소개하면, 바로 아이들의 그림을 보고 그 심리상태를 파악하는 것이다.

그림은 아이들의 보이지 않는 마음의 모습이며 잠재된 스트레스를 잘 반영하는 표현법이다. 아이들의 심리상태를 파악하기 위한 그림 그리기는 인물화 그리기, 풍경화 그리기, 가족 그리기, 꼴라쥬, 그림 대화법 등이 있다. 이때 주의할 점은 어떤 사물이나 사람을 그릴 때 TV나 만화에서 본 것을 흉내내어서는 안된다는 것을 미리 주의시켜야 한다. 그리고 연필은 되도록 짙은 것을 사용하게 하고 지우개는 자유롭게 사용하게 하며 시간 제한을 두지 않아야 한다.

사람을 그렸는데 여러 차례 지웠거나 고친 흔적이 있다면 그 아이는 그와 관련된 고민이 있다고 볼 수 있다. 어깨의 위치, 발을 벌린 상태로는 대인관계와 안정된 정도를 알 수 있다. 또 사람의 전체를 그리지 않고 목 윗부분만 그린 아이는 뭔가 불안한 정서를 가지고 있다는 것이다.

풍경화를 그렸는데 산을 밑부분에 그려 놓은 아이는 감정이 불

엄마, 쓸 게 없어요

안하거나 정신적으로 압박을 받고 있다 하겠다. 나무에서 떨어지는 열매를 그려 넣은 아이는 체념적이거나 집중력이 부족한 아이이다.

가족 그리기는 그림을 그리는 자신이 가족 안에서 차지하고 있는 위치와 가족간의 관계를 알 수 있다. 가족 개개인을 선을 그어 분리시키는 경우는 가족간의 대화가 부족함을 나타내고 특정한 사람을 더 크게 그리는 경우 그 사람이 권위를 가지고 있다고 보면 된다.

그림 그리기를 두려워하는 아이나 그림을 못 그리는 아이의 경우는 꼴라쥬나 그림 대화법으로 그 심리를 파악할 수 있다. 그림 대화법은 벽에 전지 크기의 종이를 붙여 놓고 3-4명씩 조를 짜서 각자 좋아하는 색깔의 크레용으로 한 장의 종이에 마음대로 그림을 그리게 하는 방법이다. 다 그렸으면 서로 의논하여 제목을 정한다. 이 과정에서 개인이 그림 그리기에 어느 만큼 적극적으로 참여하였는지, 상대방과 어느 정도 마음이 통했는지를 살핌으로써 그 아이의 심리나 성격 정도를 가늠할 수 있다.

이러한 방법들을 독서교육을 하기에 앞서 활용한다면 교사가 아이들의 마음을 읽는데 많은 도움이 될 것이고 이는 곧 아이들에게 효과적인 독서교육을 시킬 수 있게 될 것이다. 물론 아이들의 심리상태를 파악하는 것은 가정환경 조사를 통해서도 알 수 있지만 이러한 그림을 통한 방법은 개인의 심리상태를 파악하는 것 이상으로 교사가 그 반의 첫 수업 분위기를 파악하거나 수업을 해 나가면서 그 아이에게 지속적인 관심을 가질 수 있어 좋다.

제4장 아이들의 마음을 읽어요

　사실 독서교육은 읽기 시간에 하는 것처럼 책을 읽히고 질문을
통해서 그 내용을 알게 하는 것보다는 아이의 말을 들어주는 것이
더 중요하다. 비록 책과 관계없는 이야기일지라도 그 아이는 그 책
을 읽고 생각나는 것을 이야기했을 것이고 아니면 내면적으로 가
지고 있던 그 무엇을 이야기했을 테니까.
　아이의 입장에서 아이의 잠재력을 한없이 키울 수 있는 독서지
도가 되기 위해서 독서지도교사는 먼저 아이의 마음을 읽는 것이
중요하다고 생각한다.

엄마, 쓸 게 없어요

읽기 어떻게 지도할까

노연경

(경북 왜관시 한솔문화센터 글쓰기 강사)

어린이 독서지도에 대해서 고민하시는 부모님들의 걱정은 대개가 어린이가 책을 읽지 않는다는 것입니다. 그렇다고 무작정 책을 많이 읽는다는 것이 어린이에게 좋은 영향을 줄 것인가 다시 한 번 생각해 보아야 할 문제입니다.

책읽기의 필요성은 누구나 인정한다 할지라도 맹목적인 독서 지도는 단순히 독서의 목적을 지식이나 정보의 전달에 한정하는 기능주의적인 생각이나 단편적인 교훈을 남기기 위해서 혹은 책읽기를 단순한 즐거움으로 생각하는 경우가 많기 때문입니다. 80년대 속독술이 유행한 이유가 이런 책읽기에 대한 좁은 생각에서 생겨난 것이리고 할 수 있겠습니다. 어린이에게 책을 읽도록 하는 것은 지식과 일정한 교훈 이전에 구체적인 삶을 느끼게 해서 그 곳에 사람들의 삶을 배우고 또 생각하는 힘을 기르게 하는 것입니다. 책읽기라는 사색의 행위는 두뇌의 집중을 요구하는 것이고, 집중을 하여 생각을 한다는 것은 속도가 그리 중요하지 않습니다.

맹목적으로 책을 읽혀야겠다는 생각은 곧잘 전집으로 발행된 책들을 사들이는 행동으로 나타나는데 이런 엄청난 책을 한꺼번에 가지게 된 어린이가 지속적으로 독서에 대한 관심을 가지기 어렵습니다. 어린이가 책읽기에 흥미를 가질 수 있도록 하기 위해서는 동기 유발이 필요합니다.

  우선 책을 고를 때엔 어른과 함께 서점에 가서 직접 선택하도록
했으면 합니다. 어른들의 선입견으로 세계 명작이나 위인전을 억
지로 읽히는 것은 도리어 어린이의 정서에 악영향을 끼칠 수 있습
니다. 이렇게 선택되어진 책은 어린이뿐만 아니라 어른도 함께 읽
어야 합니다. 어른이 어린이와 함께 같은 책을 읽는다는 것은 어린
이가 가진 사고의 경험을 함께 한다는 것이고 이렇게 할 때만이
책이 주는 해악으로부터 어린이를 보호할 수 있습니다.

  한 해만도 8000여종의 어린이 도서가 간행되는데 이 속에는 출
판사와 작가의 야합으로 감각적이고 오락적이며 유치한 말장난으
로 일관하는 어린이 동화도 있고 편협된 세계관을 가지게 할 수
있는 책도 있으며 무책임한 정의나 오도된 교훈을 남기는 책들도
있습니다. 또한 책을 무조건 읽는 것이 능사가 아니라 읽은 책을
서로 이야기해 보면서 아이가 책 속에 담긴 뜻을 이해하고 그 안
에서 상상력과 비판력을 기르도록 유도해야 할 것입니다. 이것이
바로 문자 매체로만 할 수 있는 창조적 사고를 가능하게 하는 방
법인 것입니다.

  이런 올바른 독서 지도 속에 자란 아이들이 삶에 대한 나름의
생각들을 키워나가고 그 안에서 더불어 사는 삶에 대하여 체험하
게 될 것입니다.
  우리 아이들이 재미있게 책을 읽고 자연스럽게 사람들이 살아가

엄마, 쓸 게 없어요

는 모습을 배워 나갈 때 진정한 독서 교육의 성과가 있다고 해야
하겠습니다.

제4장 아이들의 마음을 읽어요

저자약력

김종헌(金鍾憲)
1964년 경북 선산 출생
경북대학교 및 동 대학원 졸업
(사단법인) 한우리독서문화운동본부 구미 지부장(독서지도사)
(사설문고) 어린이 도서관 책 읽는 아이들 대표
경북 구미시 형남초등학교 상설특활(글쓰기반) 강사

•임마와 함께 하는 '책읽기 놀이'•

지은이 : 김종헌
발행인 : 이화순
발행처 : (주)현민시스템

인쇄일 : 1996. 12. 20.
발행일 : 1996. 12. 25.

주소 : 서울시 서초구 양재동 8-8 동화빌딩 2층
전화 : 529-8727~9
팩스 : 529-6036
정가 : 6,500원

잘못된 책은 바꿔드립니다.

인쇄 : 신양사